我灵魂里的女性

MUJERES DEL ALMA MÍA

SOBRE EL AMOR IMPACIENTE, LA VIDA LARGA Y LAS BRUJAS BUENAS

关于迫切的爱，
漫长的生命和善良的
女巫们

[智利] 伊莎贝尔·阿连德 _____ 著

谭薇 _____ 译

译林出版社

图书在版编目（CIP）数据

我灵魂里的女性 /（智）伊莎贝尔·阿连德著；谭薇译. —南京：译林出版社，2024.5
（阿连德作品）
ISBN 978-7-5447-9919-5

Ⅰ.①我… Ⅱ.①伊… ②谭… Ⅲ.①长篇小说 - 智利 - 现代 Ⅳ.①I784.45

中国国家版本馆 CIP 数据核字（2023）第 190994 号

Mujeres del Alma Mía © Isabel Allende, 2020
Cover illustration © Jessica Miller
Simplified Chinese edition copyright © 2024 by Yilin Press, Ltd.
All rights reserved.

著作权合同登记号　图字：10-2021-519 号

我灵魂里的女性 [智利] 伊莎贝尔·阿连德／著　谭　薇／译

责任编辑　　金　薇
装帧设计　　韦　枫
校　　对　　王　敏　戴小娥
责任印制　　闻媛媛

原文出版　Penguin Random House Gropo Editorial, S. A. U., 2020
出版发行　译林出版社
地　　址　南京市湖南路 1 号 A 楼
邮　　箱　yilin@yilin.com
网　　址　www.yilin.com
市场热线　025-86633278
排　　版　南京展望文化发展有限公司
印　　刷　徐州绪权印刷有限公司
开　　本　787 毫米 ×1092 毫米 1/32
印　　张　8
插　　页　4
版　　次　2024 年 5 月第 1 版
印　　次　2024 年 5 月第 1 次印刷
书　　号　ISBN 978-7-5447-9919-5
定　　价　58.00 元

谨以此书献给潘琦塔、宝拉、玛纳、妮可
以及其他我生命中优秀的女人们

目录

上幼儿园的我就已经
成为一名女性主义者

　　我可以毫不夸张地说，在我的家人还不知道女性主义是什么的时候，上幼儿园的我就已经成为一名女性主义者。我出生于1942年，所以我们在讲的，是一段遥远的过去。在我看来，我对男性权威的抗拒源自我母亲潘琦塔的经历：她在秘鲁被丈夫抛弃，只能孤身带着两个裹着尿布的孩子和一个嗷嗷待哺的婴儿，回到智利父母的家中寻求庇护。我就在那里度过了一段童年时光。

　　我外祖父母的家在圣地亚哥的普罗维登西亚区，这个区域如今宛如一片迷宫，商铺和办公楼林立，可在当时还是一片居民区。外祖父母的房子虽然很宽敞，却并不美观，就像水泥堆砌而成的怪物。房间的顶很高，四处漏风，里面有被煤油炉熏得发黑的墙壁，厚重的红色长毛绒窗帘，结实得能用上一个世纪的西班牙式家具，还有一些很是阴森的已故亲人画像和一摞摞落满尘土的书。从正大门看，房子颇为气派。客厅、书房和餐厅很是雅致，可很少使用。除此之外的其他地方，则是一个乱糟糟的王国，它属于外祖母、孩子们（我和我的两个兄弟）、女佣、两三条看不出品种的狗和几只半野生半家养的猫。那些猫没完没了地在冰箱后繁衍后代，厨娘只得将它们下的崽拿到院子的桶里淹死。

伴随着外祖母的早早离世，那个家里的欢乐和光亮一并消失。在我的记忆中，童年是一段充满恐惧的阴暗时光。

我在害怕什么？我怕妈妈死去，我们流落到孤儿院；我怕吉卜赛人抢我的东西；也怕魔鬼会在镜子里出现。但现在我庆幸有这段不幸的童年，因为它为我提供了写作的素材。我不知道那些在普通家庭度过快乐童年的小说家是怎么想出办法来的。

我很早就发现，与家中男子相比，妈妈是低人一等的。她违背父母的意愿结了婚，结果就像她父母所预言的一样，婚姻失败了。她申请了婚姻无效，在智利这样一个直到2004年才将离婚合法化的国家，这是她当时唯一的选择。她没有工作的能力，没有钱也没有自由。与丈夫分开后，她依然年轻貌美，优雅迷人，为此她饱受非议。

女孩被剥夺了生气和发火的权利

　　在我小的时候，大男子主义就激起了我的怒火。那时我发现，母亲和家中的女佣们是受害者，她们是男性的附庸，没有资源，毫无话语权——母亲是因为挑战了社会风俗才陷入这般境地，女佣们则是因为穷困。当然，那时我不懂，直到我五十岁接受心理治疗的时候才想通这些。虽说不懂，那股强大的挫败感却在我身上留下了永久的痕迹，让我执着地追求公平，坚定地抗拒大男子主义。我的家人认为这股愤懑的情绪是不正常的，他们自许为知识分子，觉得自己做派新潮，但以如今的眼光来看，他们简直就像旧石器时代的老古董。

　　潘琦塔咨询了不止一个医生，想知道我究竟怎么了，她猜我可能是因为肚子疼或者是染了绦虫病才会这样。我的性格固执，咄咄逼人——这一特质在我兄弟们身上出现时，就被当作男性的天性，没人提出异议，可放在我身上，就是一种病态。不总是这样吗？女孩被剥夺了生气和发火的权利。当时的智利已经有心理医生，可能就连儿童心理医生都不缺，但在那样一个充满各种禁忌的年代，只有无药可救的疯子才会求助于心理医生。而在我家，即便是疯了也不可能——家丑不可外扬。我妈妈总恳求我，让我谨慎些。"我不知道你是从哪里冒出这些念头的，人家会说你是个男人婆"，一次她跟我说，却没告诉我这个怪词到底是什么意思。

　　她的担忧不无道理。我六岁那年，就因为不听话被赶出了德国修女学校，这仿佛就预示了我后来人生的轨迹。现在想来，我之所以被赶走，真正的原因在于潘琦塔，因为从法律角度来说她是一个独自抚养三个孩子的单身母亲。对修女们来说，这点应该不足为奇，因为智利大部分的孩子都不是婚生子，但在学校的女学生们所处的社会阶层里，这种情况是少见的。

　　几十年间，我一直都把母亲看作一个受害者。但后来我了解到，受害者的定义是对于自己的环境缺乏控制能力的人，我觉得她不属于此类。当时的母亲的确像是受到了束缚，脆弱不堪，有时甚至绝望，但后来，当她跟我的继父一起生活和旅行时，她的情况发生了变化。在我看来，她原本可以拼搏奋斗，让自己更加独立，过想要的生活，并且发掘自己的巨大潜能，而不是屈服认命。但我的看法并不重要，因为我属于女性主义的一代，而且我拥有过很多她没有的机会。

一个被养活的女人，
不可避免地要付出代价

　　在我五十岁接受心理治疗时还发现，童年时代父亲的缺席也是促成我叛逆的一个原因。大概在我十一岁那年，潘琦塔开始跟一个男人一起生活，我一直叫他拉蒙叔叔。我花了很长时间才接受了他，在我女儿宝拉出生的时候，我才意识到，不会有比他更好的父亲了。他深深地爱上了我女儿（宝拉对他也一样），我第一次看到了我曾经向之宣战的这个男人的另一面：温柔，敏感，贪玩。整个青少年时期，我都在憎恶他，质疑他的权威，但他是个坚不可摧的乐观主义者，甚至都没留意到这种种。在他的眼中，我一直都是一个模范女儿。对于糟糕的回忆，拉蒙叔叔总是那么健忘，晚年的他把我唤作安吉莉卡[1]——这是我的中间名——还让我侧身睡，以免压着翅膀。他一直这么说，直到他人生的最后一段时光，那时他已经被失智症和生活的辛劳折磨得脱了形。

随着时光的流逝，拉蒙叔叔成为我亲密无间的朋友。他天性乐观，喜欢发号施令，性情骄傲而且很是大男子主义。他并不承认自己大男子主义，理由是没人比他更尊重女性了。我一直没能准确地向他解释我认为他大男子主义的原因。他同妻子生育了四个孩子后与她分手，由于没能申请到婚姻无效，他也就没法把跟我母亲的关系合法化，但这并不妨碍他们一起生活了近七十年。初时还有人为之哗然，说些流言蜚语，但后来大家都习以为常了，因为社会风气逐渐开放，既然不能离婚，情侣们就略去了官僚主义的步骤，自由地分分合合。

---

1 安吉莉卡（Angélica）：西语名，意为"天使"。——译者注，后同

潘琦塔厌烦她伴侣的恶习，也欣赏他的品质。因为爱情，也因为她认为自己无力独自一人将孩子们抚养长大。她成为一个仰赖于丈夫、时不时发发火的妻子。毕竟作为一个被养活、被保护的女人，是不可避免地要付出代价的。

在智利，家庭和群体的支柱是女人

　　我从没思念过生父，也不好奇他是谁。他同意与潘琦塔婚姻无效的条件就是由她来抚养子女，从此他再也没来见过我们。在家里，大家都避免提到他，当他的名字被偶然提起的时候，母亲就会大发雷霆。我只听说他很聪明，也很爱我，他给我听古典音乐，给我看艺术类的书，所以在我两岁的时候就认识一些艺术家了；他说出莫奈和雷诺阿的名字，我就能找到在哪一页。对此我表示怀疑。哪怕是在今天，我的各项能力都已经发育完备，也没法做到这一点。据说这些都发生在我三岁之前，无论如何，我都已经不记得了。但父亲的突然消失在我身上留下了烙印。男人今天还在与你海誓山盟，明天就不知所终，怎么能信任他们呢？

　　我的父亲抛弃家庭，这并不是一个特例。在智利，家庭和群体的支柱是女人，在劳动阶层更是如此，父亲们来来去去，他们经常突然消失，而后再也不记得自己的孩子。而母亲则是根深叶茂的大树，她们不仅要照顾自己的孩子，如果有必要的话，还要照顾别人的。母亲们是如此坚忍不拔，有条不紊，以至于有说法称智利是一个母系氏族社会，就连思想最落后的家伙也能毫不脸红地重复这个观点，但事实远非如此。男人们控制了政治和经济权力，他们随心所欲地颁布和实施法令，如果说这还不够的话，还有一直以来都带有父权色彩的教会的制约。女人只能支配自己的家庭……就连这也仅仅是有时而已。

女性获得了自由，
而且在持之以恒地奋斗着

不久之前，我接受了一次采访，采访形式是速问速答，像一场棘手的心理测试，这让我很是紧张。采访人让我在两秒钟内说出想跟我小说中的哪个人物共进晚餐。如果问题是我想跟哪个真实存在的人物一起吃晚饭，我会马上回答：跟我的女儿宝拉，或是跟我的母亲潘琦塔一起，我无时无刻不在思念着她们。但当时的问题涉及的是文学角色。我没法像采访人要求的那样，立马回答，因为我写了二十多本书，我几乎愿意跟每个角色共进晚餐，不管是男是女。但事后我仔细想了想，我决定邀请《命运之女》里的主人公艾丽萨·索摩斯。我在1999年去西班牙参加这本书的发布会时，一个机灵的记者告诉我，我的小说就是一部女性主义的寓言。他说得对，可事实上我从没这么想过。

十九世纪中期，生活在维多利亚时期的艾丽萨·索摩斯是一个穿着紧身胸衣的波斯少女，她深居家中，没受过什么教育，更没有任何权利，她的命运就是结婚生子。但她放弃了安定的家庭，随着淘金热潮离开智利，远赴加利福尼亚。为了生存，她女扮男装，学会了在一群贪婪、充满野心和暴力的男人中间自食其力。在战胜了无数的困难危险后，她再度穿上了女装，但永远舍弃了紧身胸衣。她获得了自由，并再也不会放弃这份宝贵的自由。

艾丽萨的经历确实可以看作妇女解放运动的参照。女性攻下了属于男人的世界，我们要表现得像男人一样，学习他们的手段并与之竞争。我记得曾经一度，办公室的女职员们为了被认真对待，只能穿着裤装、西服甚至是打着领带去上班。现在已经不再如此，我们无须放弃女性魅力，就能够行使自己的权利。就像艾丽萨一样，我们获得了自由，而且还在持之以恒地奋斗着，以将其留住并获得更多的自由，从而让它眷顾更多的女性。如果艾丽萨来跟我共进晚餐的话，我希望能够将这些告诉她。

父权制是岩石，女性主义是海洋

女性主义经常让人产生畏惧之心，因为这思想似乎很激进，还有人把它理解为对男性的仇视。因此，在继续写下去之前，我需要向我的女性读者们澄清这个概念。我们先从父权制这个概念说起。

我对父权制的定义或许跟维基百科或是皇家语言学院[1]字典里的有所不同。它原本指的是男性的至高无上，对女性、其他物种和大自然的掌控。女性主义运动在某些角度瓦解了这份绝对的权力，但在很多方面，这个几千年的传统依然延续了下来。虽说很多具有歧视性的法案已经被修改，可

---

1 此处指的是西班牙皇家语言学院（**Real Academia Española**），职责在于规范西班牙语的使用。

父权制仍占据着主导地位，其中充斥着政治、经济、文化和宗教上的种种压迫，赋予男性权力和优势。除了厌女症——对女性的憎恶——之外，这一体制还蕴含各种形式的排他性和侵略性：种族主义，恐同现象，阶级主义，排外主义，不容忍跟自己不同的人和想法。父权制具有侵略性，它要求服从，并惩罚敢于挑战它的人。

我心目中的女性主义是怎样的呢？它的关注点不应在两腿之间，而是双耳之间。这是一种哲学的态度，是对男性权威的反叛。它是理解人类关系和看世界的一种方式，是为了寻求一场公平的豪赌，是为了解放妇女、男同性恋、女同性恋、酷儿（LGTBIQ）等一切被压迫者的一场斗争，所有人都可以参与进来。正如今天的年轻人所说的那样：bienvenides[1]，人越多越好。

年轻时，我为公平而奋斗，想要参加男人的

---

1 意为"欢迎"。传统西班牙语中的该词分为阳性形式 **bienvenido** 和阴性形式 **bienvenida**，此处采用了不区分男女的中性形式。

游戏；但成熟以后，我发现这是一场疯狂的游戏，它正在摧毁人类的大脑以及整个地球。我们要做的不是就这场灾难来提出非议，而是弥补它造成的损失。当然，女性运动遭遇了来自原教旨主义、法西斯主义和历史传统等方面的猛烈抵制。让我难过的是，还有一些女性也发出了反对的声音，她们害怕变革，不敢想象一个不同的未来。

父权制是岩石，女性主义是海洋，它浩荡、强大且深沉，就像生命本身一样无限复杂，它汇聚成波浪、潮水、洋流，甚至是汹涌的波涛。就像海洋一样，女性主义不会沉默。

不，沉默的你不美。
当你拼搏，
为属于你的东西斗争
当你打破沉默
用语言来进攻
你周围的一切光芒四射
那时的你很美。

不，沉默的你不美，
只是离死亡更近
我知道
没有比你
更想活下去的人了。

呼喊吧。

——《光芒四射》

米格尔·盖内 [1]

1 米格尔·盖内（**Miguel Gane**，1993— ）：西班牙诗人，曾出版诗集《只要看到你飞翔》《嘴唇上的皮肤》以及小说《等你长大》。

我的外祖父

从小，我就知道要尽快自食其力，承担起照顾母亲的责任——我的外祖父一直以来都这么教育我。毋庸置疑，他是一家之主，他理解女性的劣势处境，所以想要给我武器，让我永远无须依靠任何人。我人生的前八年是在他的监护下度过的。1958年，黎巴嫩爆发政治和宗教危机，即将陷入内战，正在该国担任领事的拉蒙叔叔让我和两个兄弟回到智利，我的兄弟去圣地亚哥的一所军事学校念书，我则回到了外祖父家。就这样，在我十六岁时，又开始和外祖父一起生活了。

我的外祖父名叫阿古斯丁，他十四岁时，父

亲去世，家庭没了支柱，他只得开始工作。对他来说，生活就得讲规矩，多努力，负责任。他总是昂首挺胸：荣誉是最紧要的。他教我坚忍地面对这个世界，我在他的教诲中成长：切勿铺张浪费，别抱怨，要隐忍，尽职尽责，别要求或期待什么，得自立，帮助了他人也不要张扬。

他多次给我讲述过同一个故事：曾经有个父亲，深爱自己的独子。孩子十二岁时，父亲让他从二楼阳台上跳下来，跟他说不用怕，他会在楼下接住他。孩子照做了，但父亲只是袖手旁观，任凭孩子掉到院子里，摔断了好几根骨头。这个残忍的故事告诉我们，不要相信任何人，哪怕是自己的父亲也不例外。

外祖父虽然严格，但为人慷慨，乐于助人，大家都很敬重他。我也不例外。我还记得他的满头白发，爽朗的笑声，并不洁白的牙齿，由于关节炎而变形的双手，有些淘气的幽默感以及一个他从未承认却不可否认的事实：我是他最心爱的外孙女。毫无疑问，他希望我是个男孩。虽然事与愿违，他还是默默地爱着我，因为我让他想起他的妻子，我的外祖母伊莎贝尔，我继承了她的名字和她的眼神。

让我最痛心的
是对女性的歧视

　　青少年时期的我孤僻，不合群，只能由我可怜的外祖父来"对付我"。我并非一个懒惰或是胆大妄为的孩子，恰恰相反，我是一个好学生，乖乖地遵守集体纪律；但我心里总是憋着一股怒气，我发怒的方式不是捶胸顿足或是摔门而去，而是长时间的沉默。我有些心病：我觉得自己丑陋、无能、卑微，被困在毫无意义的生活中，孤单无助。我不属于任何群体；我和别人不一样，到哪里都格格不入。为了排解孤独，我如饥似渴地阅读，并且每天给母亲写信。那时母亲已经离开黎巴嫩去了土耳其，她也经常给我回信，信件总要过好几个星期才能寄到，我们却并不在乎。就这样，我们开始书信往来，并将这个习惯维持了一生。

从小，我就不能容忍这世界上的不平事。我记得在我小时候，家里的女仆们从早到晚地干活，她们很少出门，只能获得一份微薄的薪水，夜里就睡在一间连窗户都没有的小房间里，一张简陋的床铺和一个破破烂烂的衣橱就是她们所有的家具（这是四五十年代的事，当然智利已经今非昔比）。长大了一些以后，我对公平的关注更胜从前，在同龄的女孩都在忙着打扮和找男友的时候，我在宣扬社会主义和女性主义。这样一来，我自然没有朋友。智利在社会阶层、机会和收入等方方面面都存在着巨大的不平等，这让我愤怒。

最糟糕的歧视就是针对穷人的歧视——一直以来都是这样——但让我最痛心的是对女性的歧视，因为在我看来，人可以脱离贫困，但永远改变不了性别决定的状况。当时没人想到还有可能改变性别。虽说在一些女性的斗争下，那时的我们已经获得了选举权和其他的一些权利，受教育程度得到了提高，还能够参与到政治、公共卫生、科学和艺术等种种方面，但距离欧洲和美国的女性运动，我们落后的距离以光年计。当时在我的周围，无论是在家，在学校，还是在报纸上，都没有人关注女性的状况，如今想来，我都不知道那时的自己是如何产生那份觉悟的。

智利是拉丁美洲的绿洲吗?

请容许我在这一章简短地说个题外话,即关于不平等的情况。一直到2019年,智利都被认为是拉丁美洲的绿洲,在这片政权更替频繁、饱受暴力侵扰的大陆,智利保持了兴旺和稳定。就在这年的10月18日,人民的怒火爆发,惊动了整个国家和全世界。乐观的经济数字并没有展示出财富的分配状况,也没揭露出智利已成为全世界最不平等的国家之一这一事实。智利的经济模式为极端的新自由主义经济,这一模式始于七八十年代皮诺切特将军独裁统治期间,它几乎将一切私有化,就连提供饮用水这样的基本服务也不例外,这就给予了资本无限的权力，而劳动力则被严重压榨。这一经济模式在一定的时间内创造了经济腾飞的现象，让少数人积攒了大量的财富，可其他民众艰难度日，靠借贷为生。国家的贫困率降至不足百分之十是事实，但社会中下层、劳动阶层和退休金少得可怜的退休老人深陷贫困，他们的困苦并没有反映在这个数据里。人民的不满已经积累了三十多年。

在2019年的11月和12月，几百万人民走上全国每个重要城市的街头，进行抗议。一开始是和平抗议，但很快就开始了破坏行动。警方的回应，则是以连独裁统治时期都未曾有过的野蛮手段进行镇压。

这场抗议没有明确的领导人，也不受任何政党指挥，社会各阶层人士都加入其中，呼吁自己的合法权益，其中有原住民、学生、工会、职业协会等，当然，也不乏女性主义群体。

很多女儿都过上了她们的
母亲无缘获得的生活

　　我的母亲以前经常忧心忡忡地劝我："你会因为你的这些想法而受人攻击，并且付出高昂代价的。"以我的性格，没有男人会愿意跟我结婚，最终只能沦落到成为"老处女"这么个顶顶倒霉的境地。大概到二十五岁左右，如果还没结婚，便会被冠上"老处女"这个头衔。得要抓紧时间。我们得抢在其他更聪明的姑娘把最好的结婚对象都抢走之前，精心挑选出男友，赶紧结婚。"我也讨厌大男子主义，伊莎贝尔，但我们能怎么办呢，世界一直如此，现在也没什么不同。"潘琦塔常劝我。我爱读书，通过书籍，我得知世界是在不停变化的，人类也在进化，但变化不是凭空发生的，而是通过战争获得的。

我是个缺乏耐心的人；现在我才明白，从前我试图给母亲强行灌输女性主义的观点，却没考虑到她是另外一个时代的人。我是夹在我们的母亲和我们的女儿以及孙女中间的那一代，我们这代人构思并且推动了二十世纪最为重要的一场革命。如果说1917年的俄国十月革命是二十世纪最为突出的一场革命，那么女性主义的革命则更为深切持久，它影响了一半的人类，这场革命扩展开来，触及数以百万计的人类的生活，给予我们最坚定的希望：我们目前所身处的文明能够被另一种更为先进的文明所替代。这让我的母亲着迷又害怕。因为我外祖父阿古斯丁一直用一条公理教育她：隔山的金子不如到手的铜。

或许我的描述会让你们觉得我母亲是她那个年代里一位典型的传统女性。但她并不是。潘琦塔跟她周围的女性不一样，她之所以担心我，不是因为她生性刻板或是思想落后，而是出于她对我深切的爱以及她的个人经历。我敢肯定，正是她在不知不觉间，在我的心中撒下了叛逆的种子。我跟她之间的不同就在于，她没能过上自己想要的生活——被动物环绕、在山间漫步绘画的田园生活——而是屈服于她丈夫的意志，听凭他决定外交工作的目的地，有时他甚至不征询她的意见。就这样，她不得不屈从于城市里的普通生活。他们一直很相爱，但也有争吵，因为他的一些职业需要跟她的敏感性情格格不入。而我，从青年时代起就一直独立自主。

潘琦塔比我早出生二十年，没能在女性主义的浪潮中更进一步。她理解女性主义这一概念，我认为她至少在理论上是渴望将其实现的，但这要求付出太多的努力。她觉得这就像是一个危险的乌托邦，最终会毁了我。后来，她花了近四十年的时间，才明白它不但没有毁掉我，反而造就了我，让我几乎达成了所有想要实现的目标。通过我，潘琦塔得以实现了她的一些梦想。很多女儿都过上了她们的母亲无缘获得的生活。

我将自己定义为女人，
以自己的方式，凭自己的直觉

在奋力拼搏并经历了失败和成功后，长大后的我在一次长谈中告诉潘琦塔，正如她以前劝我时所说的那样，我遭受了很多攻击，但每被攻击一次，我就会回击两次。这就是我的生存之道，因为我童年的那股怒火随着时间越烧越旺；我从来都不接受家庭、社会、文化和宗教指派给我的这个有限的女性角色。十五岁的时候，我永远地远离了宗教，当时倒并不是因为缺乏对上帝的信仰——这是之后的事——而是由于宗教组织固有的大男子主义。这个组织把我当作二等人，其领导者总是男性，他们把自己的规矩当作教条强加于人，他们就算做了错事也能逍遥法外。我不想成为这样一个组织的成员。

我将自己定义为女人，以自己的方式，凭自己的直觉。对于女人这一概念，那时我并没有任何清晰的思绪。直到我开始从事记者的工作，才有了想要模仿的对象。这并不是一个理性的决定，引导我的是无法遏制的本能。"在这一生，我为女性主义所付出的代价太轻微了，妈妈；哪怕要付出千倍的代价，我也依然愿意。"我告诉她。

终于有一天，我无法在外祖父面前隐瞒我的这些念头，结果是我吃了一惊。外祖父来自巴斯克地区，是位骄傲的天主教徒，他保守、固执、好心，是一位会为女性摆放椅子和开门的货真价实的绅士。我那些大胆的想法让他讶异，但他至少愿意听下去，只要我心平气和地说；一位小姐应该举止优雅，言行得体。我完全没有想到他能听我说完，因为拉蒙叔叔都没做到，他比外祖父阿古斯丁要年轻一辈，但他没有丝毫兴趣来聆听一个黄毛丫头倾诉烦恼，更别提女性主义了。

一个体面纯洁的女孩要遮盖严实，她是父亲的所有物

拉蒙叔叔的世界是完美的；他身处上流社会，无须质疑规则。他曾在教会上过学，对他来说，没有比一场精彩的辩论更令人开心的事了。陈述论据，驳倒并说服对方，取得胜利……真是太美妙了！他和我进行各种辩论，从《圣经》里经历了上帝和恶魔考验的约伯（他认为约伯是个傻子，而在我看来约伯是个品德高尚的圣徒）到拿破仑（他很喜欢，可我却受不了），每次辩论都以他对我的羞辱告终，因为他在教会里学到的那些思想较量的招数简直所向披靡。他不喜欢大男子主义这个话题，所以我们从未聊过。

在黎巴嫩，我有次跟拉蒙叔叔谈到了莎米拉。这个巴基斯坦姑娘跟我同校，是住宿生，每当想到假期里必须要回家，她就不禁眼泪汪汪。在那所英语学校里，有很多女孩，其中有新教徒、天主教徒、马龙派[1]教徒、犹太教徒，还有一些跟莎米拉一样是穆斯林。她告诉我，她的母亲已经去世了，她的父亲让她远离故土，来一个遥远的国家当寄宿生，因为她是独生女，他担心她"被毁了"。女孩的失足会成为一个家庭的耻辱，只能用鲜血来洗清。莎米拉的贞操比她的生命还要珍贵。

她在一个妇人的监督下回到家，她的父亲是一个非常传统的男人，他发现女儿在寄宿学校沾染上了西方人的习惯，惊惧不已。一个体面纯洁的女孩要遮盖严实，不能直视他人的眼睛，不可以孤身去任何地方，不能听音乐、阅读或是直接跟异性沟通；她是父亲的所有物。父亲要将她嫁给一个年长她三十岁、素未谋面的商人，十四岁

---

1 马龙派：东仪天主教会之一，黎巴嫩的主要宗教团体。

的莎米拉勇敢地对父亲的决定提出质疑。为此她挨了一顿打，在囚禁中度过了两个月的假期。后来她又经受了好几次毒打，直到她屈服为止。

当我的朋友回到学校来领取证书、收拾东西的时候，她变得与以前判若两人：非常消瘦，眼圈发青，沉默寡言。我去找拉蒙叔叔帮忙，因为我想到莎米拉应该逃跑，去智利领馆寻求庇护，这样才能摆脱她的命运。"这是不可能的。你想想，如果他们指控我引诱未成年人脱离家庭监护怎么办，这可是相当于诱拐，将引发国际问题。你朋友的情况让我很遗憾，但你帮不了她。你应该庆幸自己没有遭遇这样的境况。"他说。他试图说服我在某个可行的事业上下功夫，而不是野心勃勃地想要改变巴基斯坦几百年来的主流文化。

在也门、巴基斯坦、印度、阿富汗和一些非洲国家，依然存在强制早婚的现象。这一现象一般都发生在农村地区，但也存在于欧洲的外来移民和美国的某些宗教群体中，给女孩带来生理和精神上的恶劣影响。社会活动家斯蒂芬妮·辛克莱投入大量精力，用照片记录了一些女孩的生活。她们被强行嫁给跟自己的父亲甚至是祖父年纪相当的男人；还有一些女孩，她们尚在青春期，身体还没做好怀孕和生产的准备，便早早成为母亲。

已婚男性和单身女性是
最快乐的两个群体

在我外祖父看来，伴侣间的关系很简单：男人养家，保护家庭，发号施令，女人则操持家务，照顾家庭，服从命令。正因如此，他认为婚姻对男人来说是件好事，但对女人而言，则是桩坏买卖。在他那个年代，这一观点非常超前；已婚男性和单身女性是最快乐的两个群体，这一点如今已经得到了证实。就在他挽着女儿潘琦塔的胳膊，把她带上教堂圣坛的那天，他还在第若干次地劝她不要结婚，转身离去，抛下新郎，礼貌地送走宾客——这些都还来得及。

二十年后，在我结婚的时候，他也跟我说了

同样的话。

虽说外祖父在婚礼上的提议非常极端，可他对于女性的要求是非常传统的。是谁决定了传统和文化带来的种种约束呢？当然是男人。女人只是默默接受，并不得提出质疑。外祖父认为在任何情况下女人都得表现得像个"淑女"。我不想赘述我家庭中对于"淑女"的定义，因为这很复杂，只需告诉你们最好的典范就是疏离、礼貌且尊贵的英国女王伊丽莎白。在六十年代，她还很年轻，但行为举止已经无可挑剔，在后来的漫长一生中，她也一直如此。至少在公众面前是这样的。在外祖父看来，女人——尤其是我这个年龄的女人——表达自己的观点是非常不合适的，因为可能没人感兴趣。而我在女性主义方面的观点就正属于这一范畴。

我想方设法让他阅读了西蒙娜·德·波伏娃[1]

---

1 西蒙娜·德·波伏娃（**Simone de Beauvoir，1908—1986**）：法国作家，女性主义运动的创始人之一，其作品《第二性》引起极大反响，成为女性主义经典。

的《第二性》以及一些我遗落在他家的文章，他装作没注意，但在私底下翻阅过。我努力让他成为女性主义的支持者，这份热忱让他紧张，但他还是忍受住了我长篇大论的轰炸，听我告诉他女性如何成为贫困、疾病、教育的缺乏、人口交易、战争、自然灾害和人权侵害的最大受害者。"你是从哪儿找到这些数据的？"他怀疑地问。坦白说，我不知道，因为我的数据来源是非常有限的；直到四十年后，谷歌才问世。

"你别把外祖父和拉蒙叔叔给惹恼了，伊莎贝尔，"母亲请求我，"你得淑女一些，别嚷嚷。"但后来我们将证实，不嚷嚷就没有女性主义。

我害怕成为"老处女"

　　我在十七岁的时候获得了第一份工作，职位是秘书，负责抄写森林资源统计方面的数据。我用第一个月的薪水给母亲买了一对珍珠耳环，然后就开始存钱，为结婚做准备，虽说曾有宿命主义者预言我无法找到男友，可我还是碰巧找到了一个。米格尔是工科学生，他高大、腼腆，有一半的外国血统；他的母亲是英国人，祖父是德国人。从七岁开始，他就在一所英国学校寄宿，那里的老师挥舞着教鞭，向他们灌输了对大不列颠的热爱和一些在智利不怎么实用的维多利亚式的美德。

我绝望地紧紧抓住了他，因为他是个真正的好人。生性浪漫的我坠入了爱河。此外还有一个与我的女性主义言论相悖的原因，那就是我害怕成为"老处女"。在我二十岁的时候，我们结婚了。我母亲松了口气，我的外祖父则告诫我的丈夫，如果不能像驯马一样将我驯服的话，我们之间将会产生很多麻烦。他还用讽刺的口吻问我，是否真的会像在誓言中所说的那样，忠诚于、尊敬并服从我的丈夫，直到死亡将我们分离。

我跟米格尔有两个孩子，宝拉和尼古拉斯。我竭尽所能地扮演好妻子和母亲的角色。我不想承认其实我多么厌烦那生活，大脑似乎成了一锅面糊。为了不想太多，我给自己布置了无数的任务，像一只中了毒的老鼠一样仓皇四窜。我爱我的丈夫，在我的记忆中，孩子们的幼年时期于我是一段幸福的日子，可我的内心深处，总感觉焦灼不安。

我选择讽刺大男子主义，
并第一次感到真切的快乐

　　在1967年，一切发生了变化。这一年，我成了一名记者，在《宝拉》杂志社工作。这是一本有关女性和女性主义的新刊物。杂志的名称跟我女儿没有任何关系；宝拉是当时突然流行起来的一些名字之一。主编是德里亚·贝尔加拉，她是一个年轻漂亮的记者，在欧洲生活过一段时间，很清楚自己想要做出怎样的杂志，就这样，她创建了自己的小团队。这个杂志拯救了我，让我没有被泛滥的挫败感淹没。

　　我们四个二十几岁的女性打算揭穿智利人的假正经。我们所生活的这个国家社会风气保守，思想落后，还延续着上个世纪的习俗。我们在欧洲和美国的书籍与杂志中寻找灵感。我们读西尔维亚·普拉斯[1]、贝蒂·弗里丹[2]的作品，随后又看了杰梅茵·格里尔[3]、凯特·米利特[4]和其他一些女作家的作品，这些书帮助我们明确观点，更有力地表达我们的看法。

我选择以幽默的方式写作，因为我很快就注意到，如果可以令人发笑，那么就连最大胆的想法都能够让人接受。就这样，我的专栏《驯化野蛮人》诞生了，专栏讽刺大男子主义，却很受男人的欢迎，这就像是命运的嘲讽。很多人说："我的一个朋友就跟你写的野蛮人一模一样。"一模一样的总是某位朋友，而不是他们自己。有些女性读者则感受到了威胁，因为专栏撼动了她们家庭

---

1 西尔维亚·普拉斯（Sylvia Plath，1932—1963）：美国自白派女诗人的代表，是继艾米丽·狄金森和伊丽莎白·毕肖普之后最重要的美国女诗人。
2 贝蒂·弗里丹（Betty Friedan，1921—2006）：美国当代著名的女性运动家和社会改革家，自由主义和女性主义思想代表人物之一。
3 杰梅茵·格里尔（Germaine Greer，1939—　）：澳大利亚女性主义作家，近代女权主义先驱。
4 凯特·米利特（Kate Millett，1934—2017）：美国女性主义作家，激进主义女性主义者。

生活的基石。

我第一次感到真切的快乐。我不是一个孤独的疯子，有上百万的女人跟我一样不安；在安第斯山脉的另一头，正在进行一场妇女解放运动，我们的杂志想要让这场运动在智利传播开来。

在我们读过的这些外国女作家的作品中，我学到了一点，没有目的的愤怒是无用的，甚至是有害的，如果我想要做出改变，就必须要行动。《宝拉》杂志给了我机会，让我把从童年开始就折磨着我的那份焦虑转化为行动。

我可以写作！成百上千的禁忌限制着女性，我们想要通过杂志来粉碎这些禁忌：性爱、金钱、歧视性的法律、毒品、贞洁、绝经、避孕药、酗酒、流产、卖淫、妒忌等等。我们对一些神圣的概念提出质疑，例如母爱，为什么它只要求家庭中的一个成员来忘我地付出和牺牲？我们也会透露一些秘密，如家庭暴力和女性出轨，后面这个话题在当时是没有人提及的，因为出轨是男性的特权，可只要稍作计算就能知道，女人跟男人一样不忠贞，否则男人的出轨对象是谁呢？不可能总是同一群女性志愿者吧。

我和三位同事咬紧牙关，奋笔疾书；我们是一个可怕的团伙。我们想要改变什么？改变整个世界。年轻的我们心高气傲，觉得在十到十五年之间就能实现目标。这已经是半个多世纪之前的事了，看看我们现在的世界依然是怎样的？但我还是坚信这个目标能够实现。我的几位同事跟我一样已然老去，她们也没有失去信心。请原谅我用了"老"这个词，它似乎已经变成了贬义词。但我是存心的，因为我为之自豪。

我所度过的每一年光阴和每一道新长出来的皱纹，都在讲述着我的故事。

生为女人对我来说是一桩幸事

　　诗人西尔维亚·普拉斯说她最大的不幸就是生为女人。可对我来说，这是一桩幸事。正因如此，我才能参与到女性革命之中。随着这场运动的深入，我们的文明逐渐产生了变化，不过其速度极为缓慢。女性们越活跃，我就越是以身为女性为荣，尤其是在生下宝拉和尼古拉斯之后；男人们至今依然无法体会分娩这种非同一般的经历，这一体验定义了我的生命。我人生中最幸福的时光就是抱起刚出生的孩子时。而最痛苦的瞬间则是奄奄一息的宝拉躺在我怀里的那一刻。

　　我并不总是喜欢女性这一身份。小时候，我

梦想成为男人，因为很明显，我兄弟们未来的生活将会比我的有趣得多。荷尔蒙背叛了我，十二岁的时候，我的腰身凸显了出来，胸口逐渐隆起；这时我产生了另外一个念头，既然我无法成为男人，至少可以像男人一样活着。凭借着毅力、拼搏和好运，我成功了。

按理说，应该很少有女人能像我一样满足于自己的女性身份，因为这一身份就像是来自上天的诅咒，让她们遭受了无数的不公，但事实上，尽管如此，她们中的大多数都仍为自己身为女性而高兴。我们觉得另一个性别更糟糕。幸运的是，有越来越多的女人打破了强加给她们的束缚。要通过这条挫折重重、令人疲惫的人生之路，必须拥有清醒的头脑、热情的灵魂和坚定的意志。这正是我们想要让我们的女儿和孙女们具备的品质。

你们是否满意自己的性别？

　　我问过好些女性朋友和熟人，她们是否满意自己的性别以及为什么。这是一个难题，因为在如今这样一个年代，性别的定义是流动的。为了让问题变得简单些，我用了"男性"和"女性"这两个表述。我们进行了非常有趣的对话，但我得澄清，这一列举是不完备的。

　　受访者表示，她们喜欢自己的女性身份是因为我们能设身处地地为他人着想，我们比男人更为团结坚强。我们生儿育女，给世界带来生命而不是毁灭。我们是另一半人类唯一可能的救赎。我们的使命就是养育，而毁灭则属于男性。

有人对这一观点提出反驳，认为有些女人比最坏的男人也好不了多少。确实，但最糟糕的掠夺者都是男性。百分之九十的暴力犯罪行为是由男性实施的。总而言之，不论在战争时期或和平年代，在家庭里或是工作中，男性都凭借其力量而获得强权，是他们造就了当今世界这一贪婪暴力的文化。

一位四十岁左右的女性提到了睾丸激素，这一激素会让人产生侵略冲动，追求竞争和霸权。她说她的妇科医生曾经给她开过含有该激素的药膏，她将药膏涂抹在腹部来提升性欲。但她不得不停止用药，因为她长出了胡须，开车时甚至产生了撞倒她车前行人的念头。她得出结论，比起剃胡须和暴躁度日，她情愿少一些欲望。

她们说，女人的生活态度更松弛一些。男人所接受的训练就是压抑自己的情感，他们被男性力量的外衣给束缚住了。

在这场小型民意调查中，还有一位受访者说，男人都有母亲，他们的母亲应该把他们教育得更优雅些。我提醒她，只有我们这些现代的女性主义者才会试图引导孩子的思维方式。从前的母亲并不能反抗父权制。就算是现在的二十一世纪，如果一个女人逆来顺受、与世隔绝、没接受过教育、是历史悠久的大男子主义传统的受害人，她依然没有改变习俗的能力和见识。

我做到了。我没有教养出发号施令的儿子和忍气吞声的女儿，没有让大男子主义延续下去。我就是这样悉心教育宝拉和尼古拉斯的。我想让女儿成为一个怎样的人？一个拥有选择权利，能无畏生活的人。

我想让儿子成为一个怎样的人？一个女性的好伙伴，而不是对手。我没有让我的孩子们屈服于智利大众普遍接受的规则，让女孩伺候家中男子。现在，还有些女孩在家中给兄弟铺床洗衣，那以后的她们自然会成为男友和丈夫的女仆。

还在摇篮里的尼古拉斯就已经有了性别平等的概念，要是我在某个细节上有所疏忽，他姐姐会发现并教育他。现在，尼古拉斯积极地参与我基金会的管理工作，他每天都能看到大男子主义的恶果，轮到他来想办法减轻这些后果了。

看得最透彻的是埃莲娜，她来自洪都拉斯，每周来帮我打扫一次房屋。她跟孩子们一起在美国生活了二十二年。她没有身份证件，几乎完全不会说英文，随时都有可能像她的丈夫一样被遣送回国。为此她忧心忡忡，可她还是想方设法地养家糊口。埃莲娜不缺活干，她是我所认识的最诚实负责的人了。当我问她是不是以身为女性为乐时，她惊奇地看着我："伊莎贝尔小姐，我还能是什么？上帝让我成为女人，抱怨又有什么用呢。"

这次面向女性友人的民意调查让我有了一个

主意：我可以向男性朋友们提出同样的问题。他们喜欢自己的男性身份吗？还是觉得女性更好？是或不是？为什么？但这足够我再写上五十页了，还是留待以后吧。

我们的文化聚焦在年轻、美貌和成就上，保持清醒绝非易事

在这个世界的大部分地区，我们的文化都聚焦在年轻、美貌和成就上。对于任何一个女人而言，在这样的文化里保持清醒绝非易事；大多数人都必然迷失其中。几乎每个女人在年轻的时候都是爱美的。在我人生的前五十年里，面对这一挑战，我勉强幸存了下来，那时我认为自己毫无魅力可言。跟谁比？我比较的对象是《宝拉》杂志社里的美女同事们，身边的模特们，以及每年一度的智利小姐竞选的候选人等。我当时到底在想什么？后来我来到了委内瑞拉生活，这个国家美女如云，她们在每次世界选美比赛中都能夺得

桂冠。只要来到一个委内瑞拉的海滩，你就会陷入自卑无法自拔。

我们不可能将自己塞进广告、市场、艺术、媒体和社会风俗为我们打造的模具里。他们想让我们变得自卑，因为唯有这样，才能把产品卖给我们并控制我们。对女性的物化占据了主导地位，在我们年轻时，不知不觉便沦为奴隶。女性主义也无法将我们从奴役中解救出来。只有当我们老去，成为看不见的存在，不再是欲望的对象时，又或者是某个灾难让我们痛彻心扉，看清生存的本质时，才能获得自由。我在五十岁痛失女儿宝拉时就经历了后者。因此，我很欣赏如今的女性主义，因为它时刻警惕着，要推翻刻板印象。

我拒绝以欧洲为中心的女性理想形象——年轻、白皙、高挑、苗条等——但我为人类爱美的本能而高兴。我们打扮自己的身体，尝试装饰周围的环境。我们需要和谐的美，我们织出五彩斑斓的布料，在泥屋墙上作画，制作陶器，缝制花边，裁剪衣服。女人的作品叫工艺品，售价低廉；而男人的作品被称为艺术品，价格高昂，例如迈阿密某画廊中陈列的莫瑞吉奥·卡特兰[1]的作品，仅一根用胶带粘在墙上的香蕉便售价十二万美元。爱美的本能诱惑我们买下各种小物件，甚至让我们幻想着拥有一支口红便能改变自己的命运。

---

1 莫瑞吉奥·卡特兰（**Maurizio Cattelan**，1960— ）：意大利当代艺术家。

这个世界上的美让我们感动，但没有什么是永恒的

　　不论在人类还是其他物种里，雄性都是虚荣的；他们装扮自己，发出叫声，亮出羽毛来吸引最优秀的雌性，传播自己的种子。繁衍后代这一生物性需求是刻在骨子里的。为了达成这个目的，美貌至关重要。

　　我的一位女性友人经常用手机给我发送一些珍稀鸟类的图片。大自然有无尽的想象力，能奇迹般把各种颜色融合在一起，创造出形态各异的羽毛。中美洲丛林里一种体形微小的鸟拥有彩虹般绚丽的羽毛，可吸引来的雌性却毫不起眼。一个物种里，雄性的伴侣越多，外表越是显眼，那

么雌性就越是丑陋。真是讽刺的进化！当这种鸟发现周围有雌鸟存在时，就会找一处光线明亮的地方，将地上的树枝树叶等任何颜色鲜亮的东西都仔细清理干净。舞台准备好后，它就在场地中央开始鸣叫，展开羽毛，绿莹莹的羽毛看起来就像是一把神奇的扇子，整个丛林都为之失色。

我们是感官动物，任何让我们感官愉悦的东西，包括声音、颜色、芳香、材质、味道，都能触动我们。这个世界上的美让我们感动——比如那只能变成一把绿色扇子的鸟——而人类创造出的美也同样让我们惊叹。很多年前，当我的孙子们分别只有五岁、三岁和两岁时，我从亚洲旅行回来，带回了一个体积庞大的木箱。我们在客厅里把箱子打开。箱子里，在一堆干草之中，有一尊高约一米的石膏雕像。那是一尊闭目沉思状的佛像，有着沉静的神态、年轻的面孔和苗条的身形。三个孩子扔下他们的玩具，痴痴地盯着佛像看了好一会儿，一言不发，好像知道他们面前的是个了不得的东西。如今每次来到我家，我的孙子们依然会跟这尊佛像打招呼。

在我的父母去世后，由我来完成清理遗物这项令人伤心的任务。我母亲曾经想办法在每个驻在国都买下一些品质上佳的家具、装饰品和物件。这不是件容易事，要知道拉蒙叔叔得抚养自己的四个孩子和我母亲的三个孩子，日子总是过得捉襟见肘。潘琦塔的理由是，高雅的品味不是从天而降的，要想得到就得下血本。她买的每一件东西都会引发一次争吵。他们家里的物品都辗转于世界各国，如果将运费也包含在物品价格中，这些东西能算得上一笔财富了。

就像那只绿色小鸟一样，母亲为她自己布置好了这个舞台，我喜欢看到她身处其中的样子。我从她身上继承了布置房屋的习惯，但我很清楚没有什么是永恒的，一切都会变化、腐坏、解体或是消亡，因此我不执着于任何东西。

　　在分割父母遗产的时候，我发现他们积攒的很多东西已经没有了价值，因为在现代生活中，没有时间去清理波斯地毯，给银器抛光或是手洗玻璃制品，也没有空间去存放画作、三角钢琴和古董家具。在母亲曾经精心料理过的那么多物品中，我只留下了几张照片，一幅绘于利马的母亲的肖像画，画中的她还只是个不幸的年轻姑娘，此外还有一只俄式茶壶，我用这只茶壶来给我永恒无序姐妹团的朋友们泡茶，这个小团体也被我称作祈祷小组，不过有些名不副实，因为我们从来都不祈祷。

她遭遇那一切，
仅仅因为她是个女人

　　有一个二十五岁的姑娘，她是家人和朋友们公认的美人，为人落落大方。她问我："我有些许优点，我个子高，身材比普通人略好些；我算是有些魅力。可正因如此，我总被人骚扰。在我青少年时期，一个男人就缠上了我。他对我实施了一年多的侵犯和侮辱；我害怕他。幸运的是，我的家人无条件地支持我，让我走出了这段可怕的关系。那时的我很胆小、无知且脆弱。我不够检点，不会衡量风险，一切都怪我。"

　　我阻止了她，没让她走上因为他人过错而自责的老路。她遭遇那一切并不是因为她太美丽，而仅仅因为她是个女人。

九十多岁的时候，
她还很满意镜中的自己

　　人们普遍认为，我们女人比男人更为虚荣，因为我们注重自己的外表，但实际上男性的虚荣心藏得更深，代价也更为高昂。请看看他们为了让自己显得气势不凡而穿戴的军装和勋章以及布置得隆重庄严的排场，为了打动女性并引起其他男性嫉妒而无所不用其极的手段，汽车等奢侈的玩具，还有枪支等展示其霸权的工具。我们可以得出结论，无论男女，都不能免于虚荣。

　　我的母亲潘琦塔一直都很美。得要承认，在多数情况下，生得美是一件好事。从她三岁的照片就能看出长大后的她容貌不俗，在她九十多岁的照片里依然能看到美貌的影子，但在她的家庭中没人提及长相，因为这是低劣的行为。在当时，一般来说，为了防止孩子自大，人们不会表扬孩子；如果在考试中获得了优异的成绩，那是尽了学生的本分；如果在游泳大赛中获奖，就应该继续努力，争取打破纪录；如果一个女孩长得漂亮，也没什么好炫耀的，因为那是基因使然。永远都可以做得更好。我的童年就是这样度过的，这也磨砺了我，让我为以后生活的坎坷做好了准备。我不期待别人赞美我。在我孙子小的时候，我试图用这套智利方法来养育他们，但他们的父母不同意；他们担心残忍的奶奶会给孩子们的心灵留下创伤。

潘琦塔对自己的容貌无知无觉，直到长大以后，总被人夸赞的她才最终相信了这一事实。我把最后一个男友罗杰带回智利介绍给我父母认识的时候，他惊艳不已，称赞了她的美貌。她指着丈夫，叹了口气说道："他从没说过我美。"拉蒙叔叔干巴巴地说："可能没说过，但我是最早发现你美貌的人。"

在她生命的最后几个月，已经无法自理，哪怕最私密的事也需要人去护理，母亲说她只能低头接受帮助，并表示感谢。她说："没了自理能力，就只能低声下气。"她顿了顿，思考了一番，又补充道："但就算低声下气，虚荣心还在。"虽然行动不便，她还是尽可能地着装高雅，在起床和睡觉的时候，要在全身抹上润肤霜，还有一个理发师每周过来两次，给她洗头发和做发型。她每天都化妆，不过妆容很淡雅，因为她常说："没什么比一个浓妆艳抹的老太太更可笑的了。"在九十多岁的时候，她还很满意镜中的自己。"虽说我老了，但还不算难看。我还在世的那几个朋友都老得像蜥蜴了。"

为什么那么执着于外表？
因为这让我快乐

　　我继承了母亲的虚荣，但在很多年里，在我忘记外祖父嘲笑别人矫揉造作的声音之前，我都把这份虚荣深埋心底。他所说的矫揉造作包含了涂口红和抹指甲油，因为没有人生来嘴巴和指甲就是红的。

　　二十三岁时，我做了著名的"挑染"，把部分头发染成了金色，这是当时的潮流。外祖父问我是不是有猫在我头上小便过。我羞愤不已，好几天都没去他家，后来他给我打电话，问我怎么了。他再也没提过我的头发，于是我领悟到无须理会他说的每句话。也许就在这以后，我就开始培养自己的虚荣心，我不像外祖父一样，将这当作一种恶习，因为你如果不把虚荣心当一回事，它就只是无害的愉悦感。在这件事上我并不后悔，不过我得承认，我耗费了许多精力、时间和金钱来追求一个理想，最后才明白唯一合理的应该是好好利用上天赐予我的东西。这些东西可并不多。

我没有跟潘琦塔一样的容貌，想要满足虚荣心，就只能严格要求自己。为了洗澡和化妆，我比家里的其他成员要早起一小时，因为刚起床的我看起来就像个被殴打过的拳击手。化妆品是我最好的朋友，合适的衣物能帮我掩饰不再紧致的身材。我并不跟随潮流，因为风险太大。在一些老照片上，穿着迷你短裙的我看起来像怀胎七月的孕妇，头发蓬松得就像戴了两顶假发。流行的打扮不适合我。

对于一个像我一样自负的女人来说，老去是痛苦的。我的灵魂依然诱人，可没人能看得见。

我承认，我不喜欢别人忽略我，我渴望成为被关注的焦点。我希望在一定的限度里保持魅力，想要做到这一点，就得要感觉到被爱。可在我这个年纪，这已经不是一件容易事。总的来说，魅力取决于荷尔蒙和想象力。我用药片来维持前者，眼下我也并不缺乏后者。

为什么那么执着于外表？这不是宣扬女性主义吗？因为这让我快乐。虽然大部分时间我都把自己关在阁楼里写作，但我喜欢布料、颜色、化妆品和每天早上穿着打扮的过程。"没人看到我，可我自己能看到"，我的母亲曾说过这么一句富含哲理的话，她所指的不仅仅是外貌，还有性格和行为等更深的层面。这就是我挑战衰老的方式。一个真心以待的爱人给了我极大的帮助；在罗杰眼中，我就是一个超模，只是个头稍微矮些而已。

随着年岁的增长，
我对于性感有了不同的理解

    随着年岁的增长，我对于性感有了不同的理解。在1998年，我写了一本关于春膳的书，那是一本感官回忆录，书名自然就叫《阿佛洛狄特》[1]。春膳指的是能刺激情欲，提高性能力的食物。在万艾可等药物普及之前，人们认为通过一些食物能够达到这一效果。茄子就是一种很好的食物。在土耳其，女孩们要学习十几种茄子的做法，来保障她们未来的丈夫在床笫之间的激情。比起茄子，我相信现在的丈夫们更爱的是汉堡。

    春膳兴起于中国、波斯和印度等国，古时在

---

1 阿佛洛狄特（**Afrodita**）是希腊神话中的爱神，西语中春膳（**afrodisiaco**）一词即来源于此。中译本为《感官回忆录》。

这些国家，多个女人侍奉一个男子。在古代中国，一个皇帝的子女数量决定了国家是否安定，因此一个皇帝可以拥有几百个嫔妃。

为了完成这本书，我花了一年的时间来调查和阅读，我在情趣用品商店里寻找灵感，在厨房里试验，并试吃成品。春膳就是巫术。如果你们想要尝试并希望看到明显效果，我建议你们事先告知食用者。这是我从那些被当作试验品的朋友身上总结出的经验。春膳只在已经知情的客人身上产生作用。我猜可能是他们吃后回去得更早的缘故。不知情者则一切如常。人的意念会造就奇迹。

我在三十年前就已经绝经，可如今在私下里我依然可以很性感

我曾经幻想过跟安东尼奥·班德拉斯共度良宵，可如今想来，这一渺茫的梦想只会让人疲惫不堪。与之相比，不急不忙地冲个澡，然后跟罗杰和我的狗一起躺在熨烫平整的床单被套之间看电视要舒服得多。至少我不需要丝绸内衣来遮掩身上的赘肉。

《感官回忆录》写于我五十六岁那年。现在的我已经不可能再写这样的书了，因为我觉得这个题材虚幻，而且我厌倦了做饭，也没有兴趣跟谁享用春膳。以前我总说，我母亲还健在的时候我不能写情色小说。在潘琦塔去世后，很多读者

给我写信，让我写上一本。很抱歉，已经太迟了，我的母亲活到高龄才离开这个世界，对于如今的我而言，情色远远及不上温情和欢笑。或许我应该增加雌激素的服用量，并开始在肚皮上涂抹睾丸激素药膏了吧。

我不想再像三十几岁和五十几岁时那样色令智昏，干下蠢事，但我也永远不会忘记那些傻事，因为它们就像是我的功劳勋章。

不过我得承认，有时我会在冲动之下失去理智。让我冲动的可能是对公正的追求、对穷人和动物的捍卫，当然还有女性主义，但除了这些让我为之着迷的事业之外，疯狂的爱也总让我头脑发昏。1976年那次便是，当时我在委内瑞拉爱上了一个阿根廷的音乐家，他因为"肮脏战争"[1]而逃离了自己的国家。为了追随他去西班牙，我抛弃了善良的丈夫和两个孩子。可他令我大失所望，

---

1 "肮脏战争"（guerra sucia）：1976年，阿根廷发生军事政变，随后七年间，军政府残酷镇压和迫害反对派，舆论称之为"肮脏战争"，直到1983年举行民选，劳尔·阿方辛（Raúl Alfonsín）当选总统，才结束了军政府七年的独裁统治。

我只能带着一颗破碎的心，夹着尾巴回到了家人的身边。十年之后，我的孩子们才原谅了我的这次背叛。

那个哈梅林的魔笛手[1]不是唯一一个让我疯狂的男人。1987年，在一次书展活动上，我认识了威利，他在加州工作，是一名律师。我毫不犹豫地抛下了加拉加斯的家，告别了孩子们，那时他们已经长大成人，不再需要我。我没带任何行李，自告奋勇地搬过去跟他一起生活。不久之后，我想办法让威利跟我结了婚，因为我需要签证，这样我才能把我的孩子带来美国。

如今这个岁数的我依然跟年轻时一样，能够感受到激情，不过在轻率下决定之前我会思考一段时间，大概两到三天。在2016年，已经七十几岁的我面对合适的男人，再次有了心动的感觉。

---

1 哈梅林的魔笛手：童话人物，传说德国哈梅林镇曾发生鼠疫，官员束手无策。魔笛手用神奇的笛子将所有的老鼠都引到河里后，官员拒绝兑现承诺。为了报复，魔笛手吹起笛子，将所有的小孩都带走，从此无影无踪。此处指上文提到的阿根廷音乐家。

后来这个男人成了我的第三任丈夫，但我不想提前讲述这个故事。请耐心些，接下来我会向你们介绍罗杰的。

我的性欲已经减退了许多，或许有一天会彻底消失，据说这是大自然的规律。现在还无须考虑这一可能；希望就算如此，欲望也能够被诙谐、温情和陪伴取代，跟我同龄的一些朋友与她们的丈夫之间便是如此。我在思考如果夫妻中的一方先一步失去了激情和欲望该怎么办。我不知道，等这一刻到来了再说吧。

女性的解放跟女性的魅力并不是无法共存的，确切地说，两者应该相辅相成。一个自由的灵魂可以是性感的，这取决于你如何看待它。坦白地说，在这漫长的一生中，虽说我信奉女性主义，却从不缺追求者。我在三十年前就已经绝经，可如今在私下里我依然可以很性感，当然，得要借助一些手段。在烛光下，我可以骗过一个心不在焉的男人，只要他已经喝下三杯葡萄酒，摘掉了眼镜，在采取主动的伴侣面前不退缩就行。

女性和男性这两种身份
已经过时了

　　幸运的是，人们对于性别的认知已经不再刻板僵硬。我的孙子们告诉我，他们不认同二元性别论，当他们把朋友介绍给我的时候，我需要问每个朋友该用哪个性别的代词。要记住这些很不容易，因为我在加州生活，英语是我的第二语言，有时动词变位是单数，代词却是复数形式。西班牙语则更为复杂，因为名词和形容词都有不同的性数形式。

　　对于代词的质疑源自前南斯拉夫，这个国家在几场可怕的战争后，于1991—2006年间解体为斯洛文尼亚、克罗地亚、波斯尼亚和黑塞哥维那、黑山、马其顿、塞尔维亚等六个独立的国家。在战争和极端大男子主义的环境中，爱国主义里掺杂了父权制、民族感和厌恶女性等不可分割的因素。男性特质被定义为力量、权力、暴力和征服。本国的女人和女孩是被保护的对象，负责为民族繁衍后代。敌国的女性则被强暴，被折磨，他们有计划地让她们怀上身孕，侮辱敌方男性。据保守估计，波斯尼亚有两万名女性被塞尔维亚人强奸，真实数据可能远远超过这一数字。

冲突结束后，年轻一代拒绝极端民族主义的性别划分，他们拒绝被分为男性或者女性，并把人称代词改为非二元化形式。这一举措在很多年后才传入美国和欧洲其他国家。在西班牙语里，已经出现了elle和elles这样的中性代词，以及中性形式的名词和形容词的词尾，比如不说amiga（女性朋友）或amigo（男性朋友），而说amigue。还有一些词采用了阴性而非阳性形式，如政党Unidas Podemos（我们能党），就没有取名为Unidos Podemos。这是一件很复杂的事情，但我想，如果坚持推行下去，我们总有一天会习惯的。

语言很重要，它决定了我们的思维方式。它具有强大的力量。父权制把人分成各种类别，因为这样更为方便操控。我们下意识地接受了性别、种族、年龄等各种标准的划分，但有很多年轻人正在反对这种种区分。

显然，女性和男性这两种身份已经过时了，如今存在多个选项，可以听从自己的想法来进行选择。但我是个不可救药的异性恋，这使得我的选择受到了限制；如果我是双性恋或同性恋就好了，因为我这个年纪的女性比男性更有趣，也更优雅地老去。你们觉得我太夸张了？那就请放眼看看周围吧。

蒙昧主义把女性束缚起来，
我们很容易沦为"轻佻女子"

蒙昧主义把女性束缚起来，剥夺了她们表达性欲、享受快乐的权利，宗教和传统更是如此。有很多这方面的例子，如对处女膜和女性贞洁的偏执、女性割礼和女性的罩袍等。有性欲的女人让男人害怕，得要控制她，确保她不会滥交，不会将他跟其他男性做比较，离不开他。如果她在不同的男子身上寻找快乐，他就无法保证自己的父权地位。

在西方，蒙昧主义的力量已被大大削弱，但仍在暗中窥伺。我成长在一个大男子主义横行的年代，那时只有男人才能拥有欲望并寻花问柳。

大家都认为女人天生就是禁欲的，是被引诱的对象。面对男人的勾引，我们不能主动迎合，只得半推半就，否则就会被人指责"放荡"。要是我们主动些，当男人吹嘘起自己的艳遇，我们就会"声名狼藉"，沦为"轻佻女子"。女性的性冲动是不被认可的，任何非异性恋或一夫一妻制的关系都是歧途，是罪过。

男人们多么愚蠢，
无端地责怪女人，
全然不见自己
正是责怪的起因。
既以无限的渴望，
向她倍献殷勤，
为何怂恿她作恶，
又要她安守本分？

……

谁应付更大的责任：
是经不住献媚而堕落的女子，
还是因堕落而去献媚的男人？
尽管都有不轨的行为，
谁更应受到责罚：
是为了酬报而作孽的裙钗，
还是为了作孽而酬报的须眉？

———《愚蠢的男人》

胡安娜·伊内斯·德·拉·克鲁斯[1]

1　胡安娜·伊内斯·德·拉·克鲁斯（**Juana Inés de la Cruz，1651—1695**）：墨西哥女诗人，其作品以殖民地时期的墨西哥社会为背景，描绘了各阶层的人物。译文引自《拉丁美洲诗选》，赵振江译，云南人民文学出版社，**1996**年**10**月出版。

文学作品中的浪漫对我来说是一大挑战

在这一生中，我已经证实了自己是个无可救药的浪漫主义者，可文学作品中的浪漫对我来说却是一大挑战。我写了很多年的故事，但始终没有言情小说家的本领，而且我知道，我将永远无法做到。我试着去想象我的异性恋女读者们想要怎样的情人，可我无法想出一个兼具一切美德的男性形象。这个理想中的形象应该相貌英俊、身材强壮、拥有财富或是权力、聪敏机智，他心如止水，却只为女主一人心动。在我认识的人中，没有一个可供参考的类似对象。

如果我得以创造出一个像电影中的大众情人

一般的角色，比如像《夏娃·月亮》里的乌贝尔多·纳兰霍那样一个勇敢的理想主义者，拥有结实的肌肉和黝黑的肤色，黑色长发和温柔多情的眼睛，这个角色就总会变得危险且难以捉摸；对于我的女主角来说，他的吸引力是致命的，如果我不在故事中间适时地将他杀死的话，女主角就只能落得个芳心破碎的下场。有时我想象出的男性角色英勇善良，可要是他太浪漫，为了避免一个言情小说般的美好结局，我就只能让他死去，比如《开膛手的游戏》中的莱恩·米勒。在这本书中，我不得不在杀死他还是他的狗阿提拉之间做出选择。你们会怎么选？

我书中的情人是狂热的游击战士，长着兔唇的商贩，不吃肉食的教师，别人看不见的八旬老人，被截肢的战士。只有寥寥几个特例从我杀气腾腾的笔下逃脱，罗德里戈·基罗伽上尉和佐罗就是其中两例。前者是一个历史人物，是智利勇敢的征服者，也是伊内斯·苏亚雷斯[1]的丈夫。他不是我创造出的人物，所以能从我的笔下逃生；历史上，他是在晚年作战的时候去世的。佐罗也不是我臆想出的角色。这个加州的蒙面侠客已经存在了一百多年，现在依然在阳台上攀爬，引诱涉世未深的少女和生活无趣的妻子。我不能杀死他，毕竟其版权所属的公司聘用了一群优秀的律师。

1　伊内斯·苏亚雷斯（Inés Suárez，1507—1580）：西班牙征服者，也是阿连德笔下《我心爱的伊内斯》中的女主人公。

多边恋爱关系与网络恋爱

　　我的孙子们曾经试着向我解释如今年轻人之间多种多样的爱情关系。当他们提到多边恋爱关系时，我告诉他们，这种关系一直存在。在六七十年代，我还年轻的时候，这被称为开放关系，但他们说两者不是一回事，因为很多人不认同男性和女性这种性别的二元对立，因此伴侣的组合方式比我那个年代要更为有趣。当他们说到"我那个年代"的时候，我简直气坏了。如今这个时代也是我的年代！但我得承认，以我的年纪，已经没有精力再去探索非二元对立的多边恋爱关系了。

说起如今的恋爱关系，不能不提到常见的网络恋爱。2015年，在跟第二任丈夫威利共同生活了二十八年后，我们离婚了。离婚后，我决定独自搬去一个小屋生活。对我来说，找一个满身怪癖和病痛的老头再度开始婚姻生活简直就是噩梦，而找个情人的可能性就跟让我长出翅膀来一样渺茫。因此，几个比我年轻的女性朋友建议我在网上试试。

　　我哪里会这个？要知道我甚至不懂如何在亚马逊网站上买东西。可能没人会回应我的这条留言：女，七十三岁，持有合法证件的拉美裔移民，女性主义者，身材矮胖，不擅长家务，寻找一位讲卫生、举止文雅的男士一起去餐厅和电影院。

　　有人用"具有良好意愿"或者类似的模糊说法来委婉表达自己不抗拒发生性关系。我没法凭空产生"良好意愿"，我需要亲密的氛围，幽暗的环境，友善的态度和一点对神经的麻痹。女性的性欲会随着年龄逐渐消失，除非坠入爱河才会有所改善。显然男性并非如此。我曾经在某本书上读到，男人平均每三分钟就会想到一次性，哪怕他们连勃起是什么感觉都已经不记得了，也仍抱有性幻想，到死方休。这一说法可能有些夸张，但在这样的情况下他们依然能在人生中有所成就，真是令人惊讶。

任何一个大腹便便、唠唠叨叨的六十几岁老头都觉得自己有能力去追求一个比他年轻二三十岁的女人——我们可以在日常生活中证实这一点——但一个上了年纪的女人跟年轻小伙子走在一起，则会被人视为恬不知耻。这是我在网上找到的一则留言：男，会计，已退休，七十岁，熟悉各种葡萄酒和餐厅，寻找女性伴侣，要求年龄在二十五岁到三十岁之间，身材丰满，性欲旺盛。我不知道有谁会回复这类留言。鉴于男性都希望找一个比自己年轻得多的配偶，所以会对我的留言感兴趣的男士可能年近百岁了。

记者的好奇心驱使我进行调查，我开始采访一些曾经在网络上寻找伴侣的各个年龄段的女性。我还去调查了两家婚姻中介，结果发现它们都有欺骗性质。在这些中介，交纳巨额中介费就能够跟八个条件合适的男子见面。他们给我推荐了几位文雅的专业人士和进步人士，年龄在六十五岁到七十五岁之间，身体健康。我跟三四个符合这些特征的男士见过面，并很快发现，他们是中介公司雇来的。为了实现一人八次约会的承诺，每位女顾客见到的都是同样的这几个人。

网络则诚实得多，因为网络而相恋的人数也让人充满希望。不过有时这一平台会被人滥用。茉蒂丝是一个三十一岁的姑娘，充满魅力，她曾经在一个酒吧等待约会对象，足足等了四十分钟。她失去了耐心，当她快走到自己车前的时候收到短信："我在酒吧，但我没过去找你，因为你

又丑又肥又老。"何必这么恶毒呢？就因为这样
一个以他人痛苦为乐的神经病，茱蒂丝消沉了好
几个月。

"杀猪盘"与幻想的破灭

　　我想到了一件趣事。布伦达四十六岁，是一位成功的公司执行官，她在网上与一个浪漫热情的英国建筑师坠入爱河。他们之间隔着九个小时的时差和长达十个小时的飞机里程，但他们的想法和爱好出奇一致，简直就像是一起长大一般，他们为此而亲密起来。无论是在音乐喜好上，还是对波斯猫的偏爱上，建筑师跟布伦达都一模一样。他曾经想找机会去加州见她，但因为工作不得不作罢。她提议去伦敦，但他想看到她和她生活的环境、她的家、她的朋友以及她那只参展过的猫。最后他们约定，等他在土耳其完成重要项目回国后见面。

　　可很快布伦达接到一通电话，一个律师在电话里称建筑师在伊斯坦布尔租车出行时撞了人，现在被关了起来，很是绝望。监狱条件恶劣，他急需借一笔钱作为保释金，并让她把钱打到一个账户里去。

　　布伦达坠入了爱河，但并没因此变傻。哪怕对于她这样一个身家丰厚的女人而言，这笔钱也是巨大的。在转账之前，她咨询了当地的一个侦探。"女士，我不收您钱，因为这种案件我根本不需要调查，我记得类似的案件。"侦探告诉她，这是一种出了名的诈骗手段，在洛杉矶，有一个失业演员，他专门在网上找单身的有钱女性。他尽可能地将这些女性的一切情况都调查清楚，好营造一个理想的追求者形象。布伦达的个人网页对其有详细介绍，其他信息则是他伪装出英国贵族口音跟她畅谈的时候骗取的。他以相同的手段已经骗了好几个受害者。

她没有把所谓的保释金汇给他，也再没听到过他的消息。幻想破灭，她并没有因为失恋而痛苦，只是庆幸及时脱身。她总结出的教训是：不能相信英国建筑师。

我没有布伦达那么机智。如果我是她，不仅会把保释金给他，还会在当夜就赶往土耳其，将他从监狱中救出来。所幸我不用经受这一切，也没有像以前设想的那样单身度过余生，因为上天将一个我从未幻想过的诗人送到了我的身边。

激情到底是什么呢？

我们已经谈到了生理和心理上的激情，但激情到底是什么呢？根据字典里的解释，这是一种骚动、混乱的情感；也有解释说它是一种让人无法抗拒、强有力的冲动，会导致偏执或危险的行为。我自己的定义则更清晰一些。激情就是以无法控制的热情和充沛的能量，毅然决然地沉迷于某物或某人。激情的好处在于，它驱使着我们前进，让我们心有所念，始终年轻。别人学习登山或是下象棋，而我为了成为一个有激情的老太太，已经进行了多年的训练。我不希望越老越保守，失去对生活的激情。

在上文中，我提到过小说《命运之女》的女主人公艾丽萨·索摩斯。毫无疑问，她是勇敢的，因为她混入一艘货船，在太平洋上航行了几个星期之后才到达加州。她跟那些前往加州寻找黄金的探险家、歹徒、逃犯以及其他野心勃勃的男人不一样，她是为了寻爱。她充满激情地爱上了一个或许根本配不上她的年轻人。她忍受着糟糕的条件，无视暴力和死亡的阴影，在一个充满敌意、异常危险的环境中执着地四处找寻他。

在我的书中，几乎所有女主人公都是充满激情的，因为我喜欢这类人，她们会去冒险，会像字典里说的那样做出一些偏执或危险的举动。安逸的一生没法为故事创造提供好的素材。

有时候，我也会被描述为一个充满激情的人，因为我不像别人所期待的那样老老实实待在家里。但我得澄清，我的那些冒险之举并不总是性情使然，种种机缘会将我抛向各个未知的方向，我只能挣扎反抗。我曾经生活在一片波涛汹涌的海洋里，波浪能将我托起，可很快又会以强劲的力道把我打入海底。以前，每当一切顺遂的时候，我不会因为片刻的宁静而放松，反而会赶紧做好准备来面对不可避免的猛然跌落。现在则不一样了。如今的我只是顺水逐流，日复一日，只要还能漂浮起来，我就已经心满意足了。

野心是属于男人的，如果用在女人身上，就是一种侮辱

　　年轻时我曾豪情万丈，但现在我已经记不起自己是否有过文学上的野心；我相信我没有过这样的想法，因为野心是属于男人的，如果用在女人身上，就是一种侮辱。通过女性解放运动，一些女人获取了野心，也拥有了发怒、自信、竞争、追求权力和快感以及说不的权利。我这一辈的女人只能时不时地抓住一些有限的机会，但我们很少会制订计划来获得成功。

　　我没有野心，却有好运相伴。任何人，包括我自己在内，都无法预料到我第一本和后来所有作品都能够迅速被读者接受。我出生时后背上带

有一个星形胎记，我的外祖母曾预言我将会是个幸运儿[1]，可能她说对了。在很多年里，我都认为这个胎记让我与众不同，可我后来发现这类胎记很常见，而且它还随着时间慢慢模糊起来。

我在工作上很自律，因为外祖父说过，闲着就是浪费时间，这句话给我留下了深刻印象。在好几十年里，我将这句话奉为圭臬，可现在我发现，闲暇就是一片肥沃的土壤，能孕育出创造力。我已经不像从前那样过度自律，折磨自己；我体会着逐字逐句讲述故事的快乐，享受过程，不考虑结果。我不再整天整天地把自己困在椅子上，像公证员一样专心致志。我可以放松下来，因为我享有一份罕见的特权：我拥有忠实的女性读者和优秀的编辑，他们不会试图影响我的工作。

我以自己的节奏，书写我想写的故事。在被我外祖父称为浪费时间的闲暇里，想象中的灵魂会变成一个个生动具体、独一无二、拥有自己声

---

1 西班牙语中有句俗语 nacer con estrella（伴随星星出生），意为生来好运。

音的人，如果我给他们足够的时间，他们愿意向我讲述他们的生活。我可以清楚感受到他们存在于我的周围，甚至惊讶于没有其他人发现他们。

改掉强迫性的自律并不是一朝一夕的事，我花了好几年的时间才成功。在心理治疗和我微不足道的修行里，我学会了对自己的超我说滚蛋，不要打扰我，我想享受自由。超我跟意识不是一回事。前者惩罚我们，后者引导我们。我不再理会我心中那个用外祖父的声音来不断强迫我执行种种任务的监工。艰难的爬坡阶段已经结束了，现在我平静地凭直觉漫步，这才是最适合写作的氛围。

向卡门·巴尔塞斯致敬

　　我的第一本小说《幽灵之家》出版于1982年，时值拉丁美洲"文学爆炸"末期。"文学爆炸"指的是拉美一些著名作家创作出一系列伟大作品，这是一个属于男人的现象。拉美的女作家们被文学批评家、研究文学的教师和学生以及出版社忽视，就算作品得以出版，印刷数量也少得可怜，而且还得不到合适的推广和发行。我的小说所获得的成功是出人意料的。有人说这本书闯入了文学世界。大家突然发现，小说读者大部分都是女性；一个重要的市场在期盼着出版社能够活跃起来。她们的梦想实现了，三十多年后的今天，女作者的作品跟男作者的一样多。

在这里，我要向已经去世的卡门·巴尔塞斯[1]致敬，在我生命中有很多个令人难忘的女人，帮助我在人生路上前行，她就是其中之一。卡门是巴塞罗那有名的文学经纪人，她负责了"文学爆炸"时期几乎每一位伟大作家以及其他几百个西语作家的作品。独具慧眼的她看中了我第一部小说，让这本小说首先在西班牙出版，随后进入其他国家；我在这奇特的作家生涯中所获得的一切都是她的功劳。

　　当时的我只是一个在加拉加斯公寓的厨房里完成了第一部作品的无名小卒。卡门邀请我来巴塞罗那参加新书发布会。她对我一无所知，却对我礼遇有加。她在家里举办了一个声势浩大的派对，把我介绍给城里的知识精英们：批评家，记者和作家。一身嬉皮士打扮的我谁都不认识，显得格格不入，但她用一句话安慰了我："这里的所

1　卡门·巴尔塞斯（**Carmen Balcells，1930—2015**）：西班牙文学经纪人，也是西语世界最重要的文学经纪人，负责了加西亚·马尔克斯、巴尔加斯·略萨、胡里奥·科塔萨尔等拉丁美洲现代经典作家的作品版权。

有人都跟你一样，我们只是在临场发挥而已。"这句话让我想起拉蒙叔叔曾经给我的一个建议："要记住，别人比你更胆怯。"

这是我唯一一次看到有人用大汤勺来舀俄罗斯鱼子酱。在餐桌上，她举起酒杯，提议为我的新书而干杯，可就在这时停电了，我们陷入一片黑暗。"这个智利女人的幽灵来跟我们碰杯了。干杯!"她就像已经进行过预演似的，不假思索地说道。

卡门是我的导师，
也是我的朋友

卡门是我的导师，也是我的朋友。她总说我们不是朋友，我是她客户，她是我经纪人，我们之间只存在生意关系，但事实绝非如此。（她还说情愿自己只是一个徒有其表的花瓶，这也不是真的，简直没人比她更不适合这个角色。）在我人生的关键时刻，如宝拉生病和我后来几次结婚和离婚，卡门总在我身边无条件地陪伴着我。

这个面对穷凶极恶之徒也面不改色的女人会去找占星师占卜，她相信通灵术，古鲁[1]和魔术，她很情绪化，容易潜然泪下。因为哭得太多，加西亚·马尔克斯在一本书的题词中写道："谨将此

1　古鲁：锡克教地区的宗教导师或领袖。

书献给泪人儿卡门·巴尔塞斯。"

她慷慨得不可思议。在我母亲八十岁生日的时候，她寄了八十朵白玫瑰到智利，拉蒙叔叔生日的时候，她则寄上九十九朵。她从来都不会忘记他的生日，因为他俩出生在八月的同一天。有一次，因为觉得我的行李箱样式普通且过时，她送了我一整套路易威登的行李箱。我第一次，也是唯一一次用这些行李箱时，它们就在加拉加斯的机场被盗了，但我没告诉卡门，不然她会毫不犹豫地再给我一套。她送了我很多巧克力，直到现在，我还能在家中某个角落意外地找到几块。

这个善良的加泰罗尼亚女人突然离世，在接下来很长一段时间里，我感觉似乎失去了一直以来帮助我在文学这片波涛汹涌的大海里漂浮起来的救生圈，但她凭借自己的能力和眼光建立起来的公司在她儿子路易斯·米格尔·帕洛玛尔斯的经营下依然运作顺利。

我将她的照片摆在书桌上，告诫自己不要忘记她的建议：任何人都能写出一本不错的处女作，第二本以及之后的作品才证实作者的水平；大家对你的要求会格外严格，因为女人是不被允许成功的；写你想写的，不要让任何人插手你的工作和财产；像对待王子一样对待你的孩子，因为他们值得；结婚吧，丈夫再怎么傻，至少能让你衣食无忧。

　　正如卡门所言，任何一个跟我条件相当的男作家都能够轻而易举地获得认可，但我足足花了几十年才做到。在智利，我拥有一群热情的读者，可智利评论界的认可是我花了最大的功夫才获得的。我不怨恨这些评论家，因为这是智利的特点，除了足球运动员外，任何一个脱颖而出的人都会遭受抨击。我们还有一个名词和一个动词来形容这种现象：chaqueteo 和 chaquetear，意思就是揪住胆大者的衣服后摆，把他往回拽。如果受害者是个女人，他们就会施以更快的速度和更大的力道，以防她扬扬自得。要是他们不这么对我，我反倒会害怕，毕竟我只是个无足轻重的小人物。

在出版了二十本书，作品被译入四十多个国家后，我被提名为国家文学奖候选人。一位我不记得名字的智利男作家发表评论，说我甚至不算一个作家，而只是个蹩脚的作者。卡门·巴尔塞斯问他是否读过我的作品，我的哪本书引发了他的这番观点，他的回答是宁肯去死也不会读我的书。2010年，在四位前总统和若干政党以及议会的支持下，我获得该奖项，直到那时，我祖国的评论家们才终于对我有了些尊重。为此，卡门专门给我寄来了五公斤我最爱的橙子口味的夹心巧克力。

重返青春，
任何时候都为时不晚

老一代电影女神梅·韦斯特曾经说过，想要重返青春，任何时候都为时不晚。毫无疑问，爱情能让人变得年轻。我正在经历一段新的感情，可能正因如此，我感觉神清气爽，充满激情，好像年轻了三十岁。我的情况是得益于大量分泌的内啡肽，这是一种让人产生幸福感的荷尔蒙。似乎几乎所有人都觉得自己比实际岁数要年轻，当我们看到日历，发现又过去了一年甚至是十年，常感到吃惊。时间流逝得太快，我总忘记自己的年龄，当有人在公交车上给我让座时，我甚至会有些纳闷。

我觉得自己还年轻，因为我还可以和狗一起在地上打滚，偷偷去买冰淇淋，记得住早餐吃过什么，能笑着享受性爱。不过出于谨慎，我不会去考验自己的体力，并沉默接受自己在种种方面的退化。由于做事越来越慢，我的活动量减少，并开始权衡时间的安排：以前的我会出于义务去完成我不喜欢的安排，例如毫无意义的出差，又例如超过八人的社交活动——在这样的活动里，身材矮小、只及人腰部的我会消失在人群之中——如今我会果断拒绝这些安排；我还会躲开吵闹的孩子和性格糟糕的成年人。

伴随着年岁的增长，我们会不可避免地失去很多，如故友、宠物、旧地和曾经无限的精力。直到七十岁的时候，我还能轻松自如地同时干三四种活，不眠不休地工作好几天，或是一口气写上十个小时。那时我的身体更为柔软强健。在清晨起床的时候，我能轻盈地来个鲤鱼打挺，起身下床，去冲个澡，然后开始一天的生活。赖床？慵懒的周日？睡个午觉？那时我完全不需要。现在，为了不惊醒我的伴侣和狗，我得小心翼翼地挪到床边。我唯一的责任就是写作。我得花上好些时间才能进入状态，一天最多也就写四五个小时，这还是我凭借坚强的意志力和大量的咖啡才做到的。

人类渴望长生不老

自古以来，人类就渴望长生不老。公元前五世纪，希罗多德[1]第一次提到了不老泉的传说。在十六世纪，贪婪的西班牙人和葡萄牙人征服了拉丁美洲，他们来到这里是为了寻找遍地黄金、孩子把翡翠和红宝石当弹珠玩的黄金国，另一个目的则是找到能洗去岁月痕迹的不老泉，可是最终一无所获。如今已经没人相信黄金国的存在，但人们依然幻想着能够青春永驻。如果有钱，就能购买各种各样的资源来实现这一梦想，如药品、维生素、营养餐饮、健身课程、美容手术，甚至

---

[1] 希罗多德（Heródoto，约公元前484年—约公元前425年）：古希腊历史学家，西方文学奠基人，被尊称为"历史之父"。

还可以使用胎盘素精华并注射吸血鬼德古拉最爱的美食——人类血浆。我猜这些手段还是有些作用的，毕竟我们能比祖父母辈多活上三十多年。可活得长并不意味着活得好。事实上，不论从个体角度还是世界角度来看，漫长的老年时期都是以社会和经济方面的巨大成本为代价的。

变老是什么缺陷吗？

　　大卫·辛克莱尔是哈佛大学医学院遗传学系教授，他写了很多本书，称变老是一种疾病，应该接受治疗。他通过分子实验，成功地让一些老鼠停止变老，甚至重返青春。他说这一科学技术能在不久的将来造福人类，那时我们只要以花草为食，每天早上吃上一片药，就能避免衰老带来的种种症状和病痛。从理论上说，我们可以身体健康、头脑清醒地活到一百二十岁。

　　但在辛克莱尔在人类身上获得成功之前，永葆青春的秘诀或许就在于我们的态度——这是我母亲的观点，活跃在五十年代到七十年代之间的意大利电影明星索菲娅·罗兰同样认可这一点。我曾经跟我的孙子们（他们都已成年）提起索菲娅，他们都不知道她是谁，对此我并不意外，因为他们也不知道谁是甘地。在2006年意大利的冬季奥运会上，我、索菲娅以及其他六位女性一起负责护送奥林匹克旗帜入场，我俩就这样相识了。

在我们这几个护旗人中，索菲娅鹤立鸡群。我简直不能把视线从她身上移开，她曾经是一个时代的性感女神，当时七十多岁的她依然光彩夺目。她那不可思议的魅力和青春源自哪里呢？在一次电视采访中，她说是幸福感造成的，而且"面条让我拥有了大家看到的一切"。在另一次采访中，她又提到秘诀在于保持好的姿态。"我总是把身板挺直，避免老人的一些习惯，例如喘气、抱怨、咳嗽或是拖着脚走路。"态度就是她的秘方。我曾经尝试过她在姿态方面的建议，而关于面条的无稽之谈让我长胖了五公斤。

老人会被大自然抛弃，除了这一点之外，老去并没有什么不好的。当生育期结束，孩子们长大了，我们就没有了价值。似乎在一些遥远的地区，例如加里曼丹岛的某个不知是否真实存在的村庄里，人们以老为尊，大家都想显得老一些，因为这样才会受到人的尊重，但在我们这里并非如此。如今反对歧视老年人是一股风气，就像十年前反对性别歧视和种族歧视一样，但事实上没人理会。抗衰老成了一门兴盛的产业，就好像变老是什么性格缺陷似的。

以前的人二十岁长大成人，四十岁成熟，五十岁进入老年。如今三四十岁的人还在青少年时期，六十岁左右才成熟，直到八十岁才算老去。在第二次世界大战后美国出生的那一代以适合自己的方式来定义近五十年来文化的各个方面，为了满足他们的需求，青春期变得漫长无比。

总而言之，虽然我们都苦苦幻想永远年轻，

大多数我这个岁数的人还是在迅速地走向衰老，活不到消除对年龄的偏见的那一天。

我可能无法享受到这些科学进步的成果，但我的孙辈大概能健健康康地活到一百岁。只要能快乐地老去，我就已经知足了，为了达到这一目的，我有一些原则：我不会轻易让步；跟高跟鞋、各种节食餐以及跟蠢人打交道的耐心说再见；而且我学会了毫无愧疚感地向我不喜欢的事情说不。如今我的生活已经好多了，但我对战斗过后的休息并不感兴趣，我希望能保持大脑和血液中的活力。

她帮助约一万五千个女孩逃脱了沦为女仆的命运

　　跟索菲娅·罗兰所说的姿态和面条比起来，我还有一个更重要的秘诀，那就是效仿我的朋友奥尔加·穆里，充实地生活并享受幸福的晚年。你们可以想象一下：一个九十四岁的女人，依然充满青春活力，她不戴眼镜，也不用助听器和拐杖，衣着鲜艳，脚蹬网球鞋，甚至还能自己开车，不过只能不变道地向前直行。这位身材娇小、精力充沛、热情洋溢的女士有一个理想，这个理想指引着她，丰富了她的生活，并让她一直年轻。

　　她的故事很精彩，不过我得长话短说：如果你想要更好地了解她，请在网上进行搜索，她的故事值得一看。奥尔加六十几岁的时候，她的丈夫去世了，她决定去尼泊尔的山里徒步旅行。路上她摔了一跤，造成踝骨骨折，随行的当地人只能用一个筐子将她背在背上，把她送到最近的村落。那是一个与世隔绝的贫困山村。当奥尔加在那儿等着搭车去城里的时候，她看到了一场宴会。村民们用寥寥无几的食材准备饭菜，穿上自己最好的衣服，随着音乐跳起舞来。没过多久，从城市方向开来几辆车，车上的乘客是来买六岁到八岁的女孩的。女孩的父母无力抚养她们，只能将她们卖掉。

人贩以两头羊或是一头猪的价格买走了女孩，他们承诺说孩子们将会去好人家生活，去上学，还能填饱肚子。事实上，她们会被卖作卡迈亚，也就是一种类似于奴隶的仆从。这些卡迈亚日以继夜地干活，睡在地板上，吃主人家的剩饭，缺乏教育、健康和自由，她们受到虐待，没有上学和就医的机会。可她们已经是幸运儿了，因为其他的女孩将被卖到妓院。

奥尔加明白，哪怕她花光身上所有的钱，买下两个女孩，也不能把她们送回家人身边，因为她们很快会再度被贩卖，但她下定决心要帮助这些卡迈亚。这成为她的使命。她知道，救下了这些女孩后，还得照顾她们好些年，直到她们能够自食其力为止。回到加州后，她创建了一个慈善机构——尼泊尔青年基金会，为被剥削的孩子们提供住处、教育和健康服务。奥尔加帮助约一万五千个女孩逃脱了沦为女仆的命运，改变了这个国家的文化。因为她，尼泊尔政府宣布废止卡迈亚制。

奥尔加还开创了其他几个同样优秀的项目，收容孤儿或是被遗弃的儿童。她创办了学校，还在几所医院里设置了营养诊所，为贫困母亲提供培训，帮助这些母亲合理平衡有限的资源，养家糊口。我见过一些前后对比的照片，一个瘦骨嶙峋、连走路都困难的孩子，在一个月后就能玩皮球了。

奥尔加的基金会在加德满都市郊区建造了一个模范村庄，为困境儿童提供学校、各种活动和家园。这个村庄有一个恰如其分的名字——奥尔加普里，意思就是奥尔加的绿洲。我真希望你们能够看到那一切！那是这个星球上最快乐的地方。我可以毫不夸张地说，在尼泊尔，有成千上万的孩子崇拜奥尔加。当她到达加德满都时，有一群孩子和年轻人会拿着气球和花环去机场迎接他们的妈妈。

虽说奥尔加年事已高，她每年都会在尼泊尔和加州之间往返两次（十六个小时的飞行时间，还有十几个小时机场转运和等候时间），为了资助并审核项目，她不曾停止过工作。当她说起孩子时，蓝色的眼睛闪烁着激情。她总是快乐地微笑着，满怀善意和感激之情，我从没听到她抱怨或是责怪他人。奥尔加·穆里是我的英雄，等我年岁再长些，我希望能不比她逊色。

这是一个属于勇敢的
老年女性的年代

　　我希望能够拥有索菲娅·罗兰那样丰满的乳房和修长的腿，但如果可以选择，我更想与我善良的女巫朋友们一样，拥有目标、同情心和好心情。

　　有史以来，第一次有上百万的女性接受了教育，她们有寻医问药的权利，她们消息灵通，紧密团结，准备改变我们现有的文明。我们并不孤单，因为陪伴我们的还有很多男性，但几乎都是年轻人：我们的儿子和孙子。那些年纪大的已经无药可治，只能等着他们逐渐从这个世界上消失。对不起，这话听起来有些残忍，并不是每个老年男性都无药可救，有一些人思想开明，还有一些敞开心扉准备迎接变化。老年女性则截然不同。

　　这是一个属于勇敢的老年女性的年代，我们是人口中增长最快的一个群体。我们这群女性已经见识过太多，没什么可失去的，所以我们不会轻易被吓倒；我们不想与他人竞争、取悦别人或是受到谁的欢迎，所以我们可以有话直说；我们知道友谊和合作的重要价值。人类和地球的现状让我们焦虑。现在我们得携起手来，用我们的力量来撼动整个世界。

退休之于女人与男人

　　退休是另一件逐渐变得与女性息息相关的事情，因为大部分女性都有一份家庭之外的工作。而家庭主妇则永远都无法退休或是休息。在西班牙语中，我们把退休称为"jubilación"，这个词来自júbilo，意思是快乐，退休后的生活被认为是人生中的理想阶段，可以做自己想做的事。但愿如此。可事实常常与之相反，由于身体和经济状况的原因，人们没法做自己想做的事。此外，无所事事的生活并不能让人获得快乐，这一点已经得到证实。

　　对于男人来说，退休是人生尽头的征兆，因

为他们在工作中实现自己的价值，将一切都投入到工作中，一旦工作结束，他们就失去了一切，随即陷入消沉。这时他们开始害怕，害怕失败，害怕失去经济来源，害怕孤独，总之，令他们害怕的东西林林总总，不一而足。如果没有人照顾他们，没有一条冲他们摇尾巴的狗，他们就完蛋了。女人的情况则会好些，因为我们除了工作之外，还注重家庭关系和朋友间的情谊，我们比男人更爱交际，兴趣也更为广泛。不过年老体衰同样也让我们充满恐惧。可能并非所有女人都跟我一样，但相信你们能明白我的意思。

杰拉尔德·G.扬波尔斯基是一位著名的精神病专家，著有二十多本心理学和哲学方面的畅销书，他认为一个人是否幸福，百分之四十五取决于基因，百分之十五取决于环境，也就是说，还有百分之四十是由我们的信仰和生活态度所决定的。他如今已经九十五岁，仍然坚持坐诊和写作，并且一周去五次健身房，每天早上醒来，他都会感谢新一天的到来，并承诺不论健康状况如何，都要幸福地度过这一天。我们不能让年龄限制我们的活力和创造力，并阻止我们参与到这个世界之中。

现在人们的寿命变长了，我们还有几十年的时间去重新定义自己的目标，像奥尔加·穆里一样，让剩下的时间变得有意义。扬波尔斯基认为爱就是最好的治疗：要慷慨地给予爱。得要放下怨恨，摆脱负面情绪；怨恨和愤怒比原谅更为费劲。幸福的关键就是原谅他人，原谅自己。他说，只要我们选择的是爱，而不是仇恨，那么人生的最后一段时光就可以是最好的时光。爱不是野生的植物，它需要精心的照料。

我不会退休，只会开始
新的生活

在我的继父拉蒙叔叔卸任智利外交学院院长一职之前，他一直是个积极优秀的男人。退休后，他的人生逐渐黯淡了下来。他爱交际，有十几个朋友，可后来这些朋友非老即死，逐渐和他断了往来。他的兄弟姐妹和一个女儿也都去世了。在他最后的一段时光里——他活到了一百零二岁这个令人敬佩的岁数——陪伴他的是潘琦塔，她那时已经受够了他的坏脾气，宁愿自己是个寡妇。此外，还有几个女性把他当作温室里的兰花一般照料。

一次他向我倾诉："我所犯下的最大的错就是

退休。我八十岁退的休，可年龄只是个数字而已，我原本可以再干十年。"我没提醒他，在他八十岁那年，他已经需要别人帮忙系鞋带了。但如今想来，就从他退休开始，他开始缓慢地走上了人生的下坡路。

这件事坚定了我的决心，我要保持活跃，要把最后一个脑细胞和灵魂中的火花都消耗殆尽，然后死个干净。我不会退休，只会开始新的生活。我不想小心谨慎地走完这一生。著名厨师茱丽娅·查尔德说她长寿的秘诀是红肉和姜。我有自己的秘诀，跟茱丽娅一样，我也会坚持下去。我的母亲说过，在晚年，人们只会为没犯过的错和没买的东西而后悔。

除非我患上阿尔茨海默病（我的家人都很长寿，目前还没有人罹患该病），否则我不会变成一个消极被动、只有一两条狗陪伴在身边的孤独老人。这一幕真让人害怕。但正如扬波尔斯基所说，不要生活在恐惧中。我正在为未来做准备。优点和缺点都会随着岁月的流逝而更为凸显。人们并不会因为年岁的增长自然而然地拥有智慧，恰恰相反，老人总会有些疯疯癫癫。如果想要变得聪慧，得在年轻的时候就开始练习。在我有生之年，只要体力允许，我就会坚持爬台阶来到阁楼，在那里写故事度日。若是我能够做到这点，衰老就不会降临。

我们相信自己一直能够
独立自理

　　社会决定了老年时期的开端，在美国，法律规定六十六岁及以上的老人有权领取养老金。到了这个岁数，大多数人都已经退休，女人任由白发滋长（请不要这样！），而男人则用万艾可来追逐幻想（太可怕了！）。事实上，从出生起，人就开始了衰老，每个人的衰老体验都有所不同。这一点跟文化有密切关系。在拉斯维加斯，一个五十岁的女人可能已经算是隐形人了，但在巴黎，她可能依然很有魅力。在偏远的山村，一个七十岁的男人可能已经垂垂老矣，但在我生活的旧金山湾区，还有不少老人成群结队地骑着自行车来来往往，如果他们不是穿着荧光色的紧身短裤的话，简直都值得赞赏了。

有人认为得要控制饮食，加强运动，才能拥有健康的晚年。这可能是事实，但并非人人需要如此。我从来不爱运动，所以也没必要到了晚年再用运动来折磨自己。我锻炼的方式是遛狗走到附近的咖啡馆，然后喝杯卡布奇诺。我的父母都健健康康地活了一个世纪，我从没见他们在健身房挥汗如雨，或是控制饮食。他们会在用餐时喝上一两杯葡萄酒，晚上再来一杯鸡尾酒。他们吃奶油、黄油、红肉、鸡蛋、甜品以及各种被视为禁忌的碳水化合物，不过他们很节制；他们并不胖，而且从没有胆固醇方面的问题。

我的父母身体健康，直到生命的最后一刻，他们都不缺乏关爱和照料，但这并不常见。人生的最后一个阶段通常带有悲剧色彩，因为社会并没做好准备来应对人们的长寿。不论我们计划得多么周全，大多数人到了晚年依然捉襟见肘。最后六年的生命是最昂贵、最痛苦和最孤单的，生活无法自理，很多人入不敷出。在以前，由家庭——或者更确切地说，是家庭中的女人——来照顾老人，但对于现在这个世界来说，这已经不可能。房屋窄小，收入有限，工作紧张，生活节奏太快，更糟糕的是，老人还过于长寿。

像我这样经历过七十年代的人害怕去养老院度过余生，穿着纸尿裤，被喂食安眠药，还要被绑在轮椅上。我希望自己活不到要靠别人帮忙洗澡的岁数。我跟几位女性友人幻想过建造一个属于自己的社区，因为男人的寿命短，我们总有一天会成为寡妇。（希望这不要发生在我身上，我刚结婚，想到成为寡妇，我就难过。）比如，我们可以在离医院不远处买一块地，盖上几间小茅屋，在那豢养宠物、打理花园、休闲娱乐。我们经常讨论这一可能性，但迟迟没有付诸行动，不仅仅因为造价高昂，也因为在心底里，我们相信自己一直能够独立自理。多么异想天开。

长寿是我们必须面对的
一个棘手的问题

除非我们能像大卫·辛克莱尔医生所说的那样，保持青春并健康活到一百二十岁，否则长寿就是我们必须面对的一个棘手的问题。何必再回避呢。社会需要想办法照顾老人，如果他们希望死去，我们也要帮助他们完成心愿。安乐死应该在世界各地都成为一个可选项，而不是局限在地球上几个较为进步的地区。有尊严地死去是人类的权利，但法律和医疗机构经常强迫我们体面全无地苟活。正如亚伯拉罕·林肯所说，真正重要的不是你生命里的岁月，而是岁月中的生活。

我的一位朋友已经八十五岁了，依然潇洒迷

人，我们曾经约定在适当的时候一起自杀。他会开着他那架黄铜色的蚊式战机，驶向远方，直到汽油耗尽，我们一起坠入太平洋。这种干净的死法能免除我们家人准备葬礼的麻烦。不幸的是，两年前我朋友的飞行执照过期了，没能领到新证，他不得不把自己的蚊式战机给卖了。现在他在考虑买一辆摩托车。我希望能有这样的死法，干脆利索，因为我不是奥尔加·穆里，也不可能像她一样拥有一个属于自己的村庄，能让若干可爱的人照顾我到最后一刻。

写到这里，我突然想到，伴随着美国和欧洲出生率的下降，社会逐渐老龄化，移民应该受到热烈欢迎。因为他们一般都是年轻人——老人不会移居国外——他们通过劳动来帮助社会抚养退休老人。而且女性移民经常从事照顾孩子和老人的工作，她们是我们最喜欢的保姆，耐心且亲切。

老人不是被关注的对象，而只是麻烦的源

泉。政府没有给予这一群体足够的资源；对老人而言，医疗系统并不公平；大部分老人蛰居家中，无法参与公众生活。这些老人曾经为社会做出了四五十年的贡献，国家应该让他们有一个体面的晚年，可事实并非如此，只有某些文明程度极高、人人神往的国家才能做到。绝大多数老人在晚年都是无法自理、贫困潦倒、无人问津。

希望感官的快乐和写作是
我最后放弃的两样东西

　　或许我没法像计划的那样保持活力，工作到生命的最后一刻，或许从将来的某一刻起，我将逐渐放弃现在重视的一切。如果真是这样，我希望感官的快乐和写作是我最后放弃的两样东西。

　　如果活得太久，我可能没法再集中精力。到了记不住东西，也集中不了注意力的那天，我就不能再写作，那时我身边的所有人都会遭罪，因为他们的愿望就是不要看到我，让我尽可能地一个人待在房间里。如果那时我已经糊涂了，自然也就无知无觉，可要是像我母亲那样，神志清醒却无法自理，那就太可怕了。

目前我还活动自如，但以后开车可能会是个问题。我一直都是个糟糕的司机，现在则更糟。我会撞到新栽的树上。我避免晚上开车，因为我看不清街道标志，总会迷路。开车并不是唯一的挑战。我抗拒更新电脑系统、换手机和车，也不愿意学习电视遥控器上五个键的功能；我拧不开瓶盖，椅子变重了，扣眼变小了，鞋子则更窄了。

除了上述种种退化之外，还得加上不可避免的性欲减退，至少跟以前相比有了明显的弱化。感官的快乐随着年龄而变化。

我的朋友格蕾丝·达曼是永恒无序姐妹团六个成员之一，由于在金门大桥上遭遇了一场正面碰撞的车祸，很多年来，她都在轮椅上生活。以前的她爱运动，当她正在接受训练、准备攀登珠穆朗玛峰时，车祸发生了，她的身体多处发生粉碎性骨折，半瘫在床。她花了很长时间才接受自己的身体状况，可在她的脑海里，自己仍然在夏威夷滑水，或是在跑马拉松。

　　格蕾丝需要人照顾她的生活，因此她住进了养老院，她是那儿最年轻的。她所需要的帮助不多，每天早上有人花五分钟的时间帮她穿衣服，晚上再花五分钟送她上床睡觉，此外再一周给她洗两次澡。对她而言，最大的感官享受就是洗澡。她说每滴落在身上的水珠都是一种恩赐，肥皂和头发上的洗发水泡泡也让她快乐。当我洗澡时，经常会想到格蕾丝，并提醒自己不要把这享受视作理所当然。

如今正是我这漫长一生中的黄金岁月

　　我的身体在老去，灵魂却变得年轻。我的缺点和优点可能也更为明显。比起从前，如今的我更为挥霍，也更容易分心，但发脾气的次数却少了，我的性格温和了一些。我更加在意一直从事的事业，也更关心我爱的那几个为数不多的人。我不再畏惧自己的脆弱，因为我不会再将脆弱与软弱混为一谈；我可以张开双臂、打开房门、敞开心扉来生活。我喜欢自己的年龄和女性这一身份，因为正如格洛丽亚·斯泰纳姆[1]所说，我不必去证实自己身上的阳刚之气。也就是说，我不必

1　格洛丽亚·斯泰纳姆（Gloria Steinam, 1934—　）：美国女性主义者，社会与政治活动家。

表现得坚不可摧。我的外祖父一直告诉我，要坚定刚强，这个建议曾在我的生活中起过作用，但如今已非必须；现在我可以放心地请求帮助，多愁善感。

在我的女儿宝拉去世后，我充分地意识到了死亡的临近。现在我已经七十五岁了，死亡成为我的朋友。它并不是一具挥舞着镰刀、浑身腐臭的骷髅，而是一位成熟、高雅、友善，散发着栀子花香的女士。以前它在我的周围和对面的房屋逡巡，如今它在我的花园里耐心等候。有时我会从它面前经过，我们打招呼，它提醒我要把每一天都当作最后一天，充分享受生活。

总而言之，如今正是我这漫长一生中的黄金岁月。对于广大女性来说，这是一个好消息：在经历了绝经，完成了养育儿女的使命后，生活会变得更加简单，不过前提是降低预期，远离怨恨，松弛下来并且认清一个事实，即除了最亲近的人外，没人在乎我们是谁以及我们干了什么。不要再为了一些没有价值的东西而汲汲营营、装模作样、牢骚满腹或是大发雷霆。要爱自己，并不求回报地爱他人。这是人生中最为宽和的一个阶段。

女人们想要什么？

十五岁时，我就认定男人和女人在这个世界上有着同等的分量，我这一生中结识的优秀女性更是让我对此深信不疑。可当我向外祖父阐述这个观点时，他双唇紧抿，指节泛白。"我不知道你在说哪里的事，伊莎贝尔，你说的这些东西跟我们没有任何关系。"他说道。几年后，军事政变在一夜之间终结了民主政府，使得国家陷入长时间的独裁统治，那时他也跟我说了同样的话。

当时，身为记者的我知道在阴暗处、集中营和刑讯中心正在发生什么，我知道有成千上万的人失踪，受害者在沙漠被炸得粉碎，还有人被从直升机上扔下来抛到海中。

我的外祖父不想知道这些，他坚称这些都只是谣言，跟我们无关，他让我不要涉足政治，安安静静地待在家中，照顾好丈夫和孩子就够了。他质问我："你还记得故事里那只扑腾着翅膀企图阻拦火车的鹦鹉吗？火车将它碾碎了，就连羽毛都没剩下。你想要什么？落个同样的下场吗？"

这个问题追随了我几十年。我想要什么？女人们想要什么？请允许我在这儿讲述一个关于哈里发[1]的古老故事。

传说在巴格达，一个犯人因为两度犯罪而被带到哈里发面前受审。这样的犯人一般会被砍去双手，但那天哈里发的心情很好，所以给犯人提供了一个机会。他说："说出女人想要什么，然后你就能获得自由。"犯人思考了一会儿，在祈求安拉保佑后，他机智地答道："噢，至高无上的君主，

1　哈里发：中世纪政教合一的阿拉伯国家和奥斯曼帝国的君主称号。

女人希望您能够倾听她们的声音。请您问她们想要什么，她们将会告诉您答案。"

我认为想要找到这个问题的答案，需要进行一些调查。与毫无头绪地到处找人提问相比，上网搜索更节省时间。我输入了哈里发的问题：女人想要什么？跳出来了一些诸如"调查女人的需求，与她共赴云雨"的标题。此外还有一些有关于如何征服女人的男人之间的建议。比如下面这个例子："女人喜欢硬汉，男人要表现得咄咄逼人且自信满满，不要请求她们，而是命令和要求。你的需求是第一位的，这就是女人喜欢的男人。"

我对这一建议表示怀疑，至少在我认识的女人当中没有喜欢这种男人的，要知道，算上我忠实的女性读者以及通过基金会跟我有联系的女人，我认识的女性可不少。关于哈里发的这个问题，我有一个更合适的回答。女人们想要的大致有这些：安全，受到重视，和平的生活，经济独立，团结，还有尤为重要的一点，爱。在接下来的篇幅里，我将解释这些意味着什么。

针对女性的暴力
是衡量一国暴力程度的指标

在衡量某国的暴力程度时，最重要的一个指标就是针对女性的暴力，和女性所遭遇的暴力相比，其他种种暴力都显得不足为奇。在墨西哥这个案件频发且犯案团伙经常得以逍遥法外的国家，据估计平均每天有十个女性被杀害，这还仅仅是保守的数据。她们大部分都是被男友、丈夫或是认识的男性所害。从九十年代以来，在奇瓦瓦州的华雷斯城已经有几百名女性在被强奸和残忍折磨后被杀害，而当局对这一现象漠不关心。因此，在2020年的3月，当地女性进行了大规模抗议。她们宣布罢工一天，在这一天中，她们不工作，不做家务，上街游行。这是否会对当局产生影响？让我们拭目以待。

刚果民主共和国是一个政局不稳，经常发生武装冲突的国家，该国被冠以"世界强奸之都"这个可耻的称号。强奸和针对女性系统性的折磨是当地武装部队所使用的镇压手段，但还有三分之一的案件是平民犯下的。在非洲、拉丁美洲、中东地区和亚洲的一些其他地方，也在发生同样的事情。男性权利越大，性别越两极分化，女性所遭受的暴力就会越多，在恐怖组织中尤甚。

女性渴求自身和孩子的安全。保护孩子是女性的天性，为此，我们奋不顾身，坚定不移。我不确定蛇和鳄鱼等爬行动物是否会保护幼崽，但这是大部分动物的选择。雌性负责照顾后代，有时为了不让孩子被饥饿的雄性吞食，甚至不惜牺牲自己的性命，只有少数例外。

面对威胁，雄性的反应是逃跑或者战斗：这

是由肾上腺素以及睾丸激素决定的。而雌性的反应则是围成一圈，将幼崽挡在中间：这是后叶催产素和雌激素的作用。后叶催产素这一激素能促使我们团结起来，因为这一神奇的功效，一些精神病专家将其用于婚姻治疗中。夫妻双方吸入鼻喷，希望借此手段来达成一致，而不是斗个你死我活。我和威利曾经尝试过这一治疗，但没起作用，大概是我们吸入的剂量不够吧。最后我们还是离了婚，不过多亏了这种可爱的激素，直到他不久前去世为止，我们一直都是朋友。威利送给我的小狗珍珠就是我俩友谊的证明，珍珠是失败的混血产物，有像蝙蝠一样的脸和胖老鼠般的身体，个性十足。

针对女性的暴力和父权文化密不可分

针对女性的暴力处处可见，其历史跟文明本身一样悠久。当人们提及人权时，指的是男性的人权。如果一个男人被殴打，被禁锢，他便在遭受折磨。而当同样的事情发生在女人身上时，她只是遭受了家庭暴力，在世界上的绝大多数地方，家庭暴力只被当作家中私事。在部分国家，若有人为了捍卫体面而杀死女孩或是妇女，甚至都无须坐牢。根据联合国的估计，在近东地区和南亚地区，为了维护男性体面或家庭尊严，每年有五千名妇女和女孩被杀害。

根据统计，在美国，每六分钟就有一名女性

被强暴；这仅仅是被报导的案例而已，事实上，真实数据至少是其五倍。每九十分钟就有一名女性被殴打。在家中、街头、工作单位以及社交网络等场所都存在骚扰和恐吓，网络的匿名制更是为种种极端厌女言论提供了空间。这是美国的情况，请你们想想在其他女性权利尚处于起步阶段的国家情况会如何。这种暴力并不是什么异常现象，它和父权文化是密不可分的。是时候直呼其名，将之公之于众了。

暴力和恐惧是操控的工具

生为女性就意味着胆战心惊地生活。对男性的畏惧刻在所有女人的DNA里。哪怕是做一件极其普通的事，例如从一群无所事事的男子面前经过，也要事先反复思考。在大学校园和军营这些被认为是安全的地方，有一些课程来教导女性如何避免危险，不过课程的基本观点是：如果女人被攻击了，错在她自己，她不该在错误的时间出现在错误的地点。没人指望男人做出改变，大家都默许他们的行为，甚至还把性侵当作男性权利和男子气概来炫耀。多亏了Me Too运动和其他一些女性主义的倡议，情况正在迅速地发生变化，至少在第一世界的国家是有所改变的。

畏惧男性的一种极端表现就是身着罩袍的女性们，她们从头到脚都被遮挡得严严实实，不让自己挑起男人的欲望，显然，这些男人只要看到几厘米的女性肌肤或是一只白色袜子就会被激起兽欲。女性因为自己的脆弱和男性的恶习而受到惩罚。很多女性如此畏惧男性，以至于她们主动要求穿罩袍，因为罩袍让她们隐匿于视线之外，更有安全感。

作家爱德华多·加莱亚诺[1]曾说过："归根结底，女性对于男性暴力的畏惧就像一面镜子，反映出男性对于无所畏惧的女性的恐惧。"听起来不错，但在我看来，概念有些混乱。全世界都串通一气，想把我们吓倒，怎么可能无所畏惧呢？极少有女性能够无所畏惧，除非我们团结起来，这样我们才会觉得自己是不可战胜的。

---

[1] 爱德华多·加莱亚诺（Eduardo Galeano，1940—2015）：乌拉圭著名小说家、记者和杂文家。

针对女性的这种混合着欲望和憎恨的态度源自什么？为什么侵犯骚扰都不被认为是公民权利问题或是人权问题？为什么大家对此闭口不谈？为什么不像对毒品、对恐怖主义、对犯罪行为宣战那样，对针对女性的暴力宣战？答案显而易见：暴力和恐惧是操控的工具。

男人害怕女性的力量

　　2005年到2009年之间，在玻利维亚的曼尼托巴这个极为保守且偏远的门诺派[1]移民聚集地，一百五十名妇女和女孩被多次侵犯，其中甚至包括年仅三岁的女童。每次作案前，犯罪者都用阉割公牛时使用的麻醉喷雾迷晕女性。她们醒来后，发现自己身上血迹斑斑，伤痕累累，得到的唯一解释就是她们受到了恶魔的惩罚，被恶魔占有了。这些女子不识字，说的是古德语，无法跟外界沟通，她们不知道自己身处何方，看不懂地图，也没有求助对象。这并不是一起孤立的案例，同样的事情已经并且正在其他与世隔绝的群体中发生，

1　门诺派：当代基督新教中的一个福音主义派别，因创始人门诺·西门斯而得名。

比如尼日利亚的恐怖组织博科圣地，那里的女性被当作牲口对待。有时原因不在于意识形态，而是单纯因为与世隔绝或蒙昧无知，比如在挪威北部，位于北极圈附近的蒂斯菲尤尔。

男人害怕女性的力量，因此在长达几个世纪的时间里，法律、宗教和社会风俗都对女性实施种种束缚，禁止她们在智力、艺术和经济上取得进步。在过去，数以万计的女性由于懂得太多、拥有知识而被指控为操纵巫术，从而被折磨、被活活烧死。女人不能进入图书馆或是大学，因为男人的理想就是——在某些地方现在依然是——女性目不识丁，这样她们就会温顺听话，不会质疑和反抗。对待奴隶也是同样的手段，学着读书就要受到鞭笞惩罚甚至被剥夺生命。如今，大部分女人已经跟男人一样拥有受教育的权利，但当她们过于突出或是不想屈居人下时，便会面临非议。

施暴者不是异类，
是正常的男人

在美国犯下种种血案的凶手们几乎无一例外都是白人男性，他们有一个共同点，都厌恶女性，这一点从他们的家庭暴力行为以及对女性的威胁和袭击等案例记载上可以得到证实。这些凶手当中有很多人都称在童年的母子关系中受到过创伤；他们不能忍受女性的拒绝、冷漠和嘲讽，也就是说，不能忍受女性的影响力。作家玛格丽特·阿特伍德[1]说过："男人害怕女人嘲笑他们。女人则害怕男人杀害她们。"

妇女解放运动考验了两三代男人的自尊，他

1　玛格丽特·阿特伍德（Margaret Atwood，1939—　）：加拿大女作家，女性主义在文学领域的重要代表人物。

们面临挑战，就连在曾经专属于他们的领域，如今也经常被女性超越。在军队里，从前的女人只能担任行政工作，不能参与行动，而如今军队里强奸率居高不下，这并非偶然。男性面对女性力量的反应经常是粗暴的。

当然，我并不是说所有的男人都是潜在的强奸犯，但其比率之高让我们不得不反思针对女性的暴力——这是人类面临的最大的危机。施暴者不是异类，不是精神病患者，他们是父亲、兄弟、男友、丈夫，是正常的男人。

不要再避重就轻，不要再采取治标不治本的手段，我们需要社会发生彻底变革，而采取行动的人应该就是我们女性。请记住，没有什么是可以不劳而获的，想要获得就得要争取。我们要在全世界树立观点，进行引导。现在这个时机比以往任何时候都更为有利，因为我们消息灵通、沟通顺畅，并且干劲十足。

女性受到的虐待表现在
对其价值的贬低

　　女性受到的虐待表现在对其价值的贬低。正
如弗吉尼亚·伍尔芙[1]所说，女性主义是认为女性
也是人的一种激进观点。很多个世纪以来，人类
都在讨论女性是否也有灵魂。在如今世界上的很
多地方，女性仍被当作商品来买卖和交换。大多
数男人都认为女人低人一等，他们或许不会承认，
但当一个女人知道的跟他们一样多，获得的成就
也不逊于他们的时候，他们会反感，会不快。

　　我曾经在一本回忆录中讲过接下来的这个故
事，但我要在这里再说一遍，因为它很重要。那

1　弗吉尼亚·伍尔芙（**Virginia Woolf**，**1882—1941**）：英国女作家、文学批评家
和文学理论家，被誉为二十世纪现代主义与女性主义的先锋。

是很多年前的事了。在1995年，我跟好友塔布拉以及当时的丈夫威利一起去印度旅行，他俩安排了那次旅行，想让我换个环境，从丧女之痛中振作起来。当时我已经写完了《宝拉》这本回忆录，这本书的创作让我明白并且最终接受了已经发生的事，但此书出版后，我感觉生活成了一片空白。我的人生失去了意义。

印度留给我的印象是充满反差，风景迷人，在这趟旅途中发生的一件事影响了我后来的人生。

我们租了一辆车，在经过拉贾斯坦邦的一条乡间小路时，由于发动机过热，不得不停了下来，等待发动机冷却。四周一片荒芜，只生长着一棵树，树荫下有六七个女人，带着几个孩子。我跟塔布拉走了过去。她们来自哪里？在那干什么？开过来的一路上，我们没有见到任何能够解释她们存在的村庄或水井。这些女人年纪不大，看起来穷困潦倒，她们被塔布拉甜菜色的头发吸引，朝我们走了过来，脸上带着些天真的好奇。我们把在一个集市上买的银手镯送给她们，又跟孩子们玩了一会儿，直到司机摁喇叭让我们回去。

在告别之际，一个女人走到我身边，递给我一个小布包。布包很轻，我以为她送了我一个礼物作为手镯的回礼，但打开布包，我才发现里面是一个刚出生的婴儿。我称赞了几句这个孩子，试图把孩子还给母亲。但她后退了几步，不愿意接过。我非常吃惊，不知该如何是好。我们的司机是一个身材魁梧、满脸胡须、裹着头巾的男子，这时他跑了过来，从我的手中夺过孩子，交给这群女人中的另外一人，然后拉着我的手，几乎是把我拽到了车边，并迅速离开。过了好一阵，我才反应过来。我疑惑地问："发生了什么？为什么那个女人要把她的孩子给我？"司机回答说："那是个女孩。没人想要女孩！"

我没能拯救那个女孩，后来她一直出现在我

的梦里。我梦见她过着悲惨的生活，梦见她幼年早夭，梦见她是我的女儿或是孙女。这个孩子让我下定决心成立一个基金会，帮助女人和女孩们，这些女孩没人要，被卖作童养媳，被迫从事强制性劳役并沦为娼妓，被殴打，被强暴，在青春期就怀孕生子，这些女孩的女儿可能承受着同样的宿命，这样的羞辱和伤痛将一代代永远地延续下去；这些女孩早早地离开世界，还有一些女孩甚至都没有出生的权利。

女性在各种领域遭受
鄙视或是骚扰

根据世界卫生组织的统计，在非洲、亚洲的部分地区以及欧洲和美国的移民群体中，两亿的女性被实施过割礼，还有三百万名女孩面临该风险。如果你们受得了的话，可以去网上看看这两个字意味着什么，在没有麻醉和任何消毒措施的情况下，女孩被人用剃须刀片、刀或是碎玻璃割除阴蒂和外阴唇。手术操作者是女性，她们对这个旨在消除性快感和高潮的风俗毫无质疑。当地政府也不干涉，因为大家都相信这是一项宗教或文化传统。一个没有被割除性器官的女孩在婚姻市场上是不受青睐的。

全世界都在发生着大量针对女性的骚扰、剥削、折磨和犯罪，可肇事者几乎总是逍遥法外。其数量之大让我们瞠目结舌，甚至忽略了其恐怖程度。只有认识某个曾经有过这些恐怖经历的女孩或是女人，知道她们叫什么，长什么样，听到她们的故事，我们才能与之休戚相关。

我们以为如此可怕的事情不会发生在自己女儿的身上，可当她们步入社会，独立生活后，也会在各种领域遭受鄙视或是骚扰。通常在学业上，女孩比男孩更为聪明勤奋，但她们的机会却更少；在职场，男性的薪酬和职位都更高；在艺术和科学方面，女性需要付出双倍的努力，才能收获一半的认可，诸如此类，无须赘述。

在过去，人们阻碍女性发展才能和创造力，他们认为这是违背自然规律的，因为女性注定只有生儿育女这个生物学上的功能。如果有女人取得了某种成就，她也只能躲在丈夫或父亲的身后寻求庇护，如从前的一些女性作曲家、画家、作家和科学家等。这一情况已经有所改变，不过并不是在所有地方，也并没有像我们所希望的那样发生多么翻天覆地的变化。

在硅谷这个永远地改变了人类沟通方式和人际关系的技术天堂，人们的平均年龄还不到三十岁，也就是说，这是一个年轻的群体，这一群体也是所谓的世界上最为进步、眼界最为开阔的一群人。可半个世纪之前就已经令人难以忍受的大男子主义依然影响着他们，让他们歧视女性。就跟其他很多地方一样，硅谷的女性员工比例极低，她们在工作上被怠慢，晋升速度缓慢，当她们发表意见的时候，常被鄙视、打断或忽略，而且时常遭受骚扰。

我的母亲擅长油画，她的色彩感很好，可没人把她当一回事，就连她自己也不例外。她从小接受的教育告诉她，女人的发展是有限的，真正的艺术家和创造者都是男人。我很理解她，因为虽说我主张男女平等，实际上我也怀疑自己的能力和才能，我在四十岁左右开始写小说的时候，总感觉在侵犯某块不属于我的领土。著名的作家，特别是拉美"文学爆炸"时期的作家，都是男人。潘琦塔曾经跟我提到，她害怕"放手"；她更喜欢临摹，因为临摹没有风险，没有人会嘲笑她或是指责她狂妄自大。她原本可以更加投入，努力钻研，但没人鼓励她；她的"小作"只被当作她心血来潮的爱好而已。

我一直很喜欢我母亲的画作。我每趟搬运十几幅画，就这么一趟一趟地将这些作品运到了加州，现在我的办公室、家，甚至是车库的墙上都挂满了这些画。潘琦塔为我而画。我知道她很遗憾没能像我坚持写作一样，勇敢地专注于绘画。

针对女性，有一场未被宣布、却早已开始的战争

　　我们来说说和平吧。战争是大男子主义最强烈的表达方式。在任何战争中，最大的受害者不是士兵，而是女人和儿童。造成十四岁到四十五岁女性死亡的最主要原因就是暴力，这一比率比癌症、疟疾和意外事故这三者致死率的总和还要高。被贩卖的人口中，有七成是妇女和女童。可以说，针对女性，有一场未被宣布、却早已开始的战争。因此，我们最大的心愿就是自己和孩子能生活在和平中。

　　伊娃·恩斯特的《阴道独白》如今已经是世界文化的一部分，当年我是跟我的母亲一起去看

的。我们俩深受震撼。在剧院出口处，潘琦塔说她从没想过自己的阴道，更没在镜子里看过它的模样，我也一样。

伊娃·恩斯特的《阴道独白》写于1996年，在那个年代，"阴道"是个粗俗的字眼，就连在妇科医生面前，女人们也羞于提起这两个字。这部作品被译成多种语言，在百老汇、中小学、街道、广场上多次上演，在一些女性缺乏基本权利的国度，该剧则在地下室偷偷上演。这一剧目带来了几百万美元的收益，而这些钱都投入到了一些项目中，用来保护女性，为她们提供教育，并且培养她们的领导力。

伊娃曾被父亲强暴，她成立了V-Day这一组织，旨在消除全世界针对女性的暴力。在刚果，V-Day组织设立了欢乐城（City of Joy），为战争受害者，以及妇女和女孩提供庇护，这些妇女和女孩被诱拐、强暴、欺凌，遭遇乱伦；她们被剥削、折磨，被施行割礼；直到现在，她们依然冒着丧命的风险。剥夺她们生命的可能是嫉妒或复仇，甚至仅仅是武装冲突时的一颗流弹。她们在欢乐城重拾健康，再度发出了声音，开始唱歌跳舞，讲述自己的故事，相信自己和其他女性，恢复了生机。

她们焕然一新地回到这个世界。

几十年来，伊娃见证了许多难以想象的暴行，但这并没有夺走她的勇气：她坚信通过一代人的努力，这种暴力终将被消灭。

强暴已经变成了一种战争武器

　　强暴已经变成了一种战争武器。无论面对的是侵略军、准军事团体、游击队，还是任何性质的军事甚至宗教行动，又或是恐怖组织或是流氓帮派——例如中美洲名为马拉斯的黑帮——女人总是第一批受害者。仅仅在刚果，近几年来就有五十多万名女性被强暴，受害人年纪从几个月到八十岁不等，她们被残忍蹂躏，被折磨得血肉模糊，伤重到无法接受手术。

　　强暴这一行径摧残女性的身心以及人与人之间的关系。它造成的伤害极大，正因如此，现在也出现了被强暴的男性。军队就以这样的方式毁去人们的意志和灵魂。受害者遭遇身体和心灵的重创，被永远地玷污；有时她们还被赶出家庭和村庄，被人扔石头。这又是一个指责受害人的例子。

全球妇女基金会是全世界最大的致力于促进妇女权利的非营利性组织，卡维塔·拉姆达斯是该组织的前主席以及开放社会基金会妇女权利项目的现任负责人，她提议推动世界的非军事化，只有女性能够实现这个目标，因为她们不像男人一样会被武器的魅力所诱惑，同时她们也正是这种崇尚暴力的文化的受害者。

在战争时期，总有人实施暴力却逍遥法外，没有比这更可怕的事了。我们最为宏大的一个梦想就是消灭战争，但战争工业创造了太多的利益；为了让天平倒向和平那一头，我们需要大量的人手来化梦想为现实。

请你们想象一个没有军队的世界，在那个世

界里，一切军事资源都被用于谋取人们的共同福祉，人们通过协商的方式来解决争端，军人的任务仅仅是维持秩序和推动和平。到了那时，我们才能跨过智人这一阶段，进化为拥有超能力的超人类[1]。

1　超人类（**homo superior**）：美国漫威漫画中的族群，又称变种人，指天生就基因突变而拥有超能力的人。

经济独立是女性主义的基础

经济独立是女性主义的基础。母亲的遭遇让我在儿时就看清了这点。女性需要拥有并掌控自己的经济收入，但前提是她们接受过教育培训，并身处一个适宜的家庭和工作氛围之中。并不是所有女性都有这样的条件。

一名肯尼亚桑布鲁部落的导游曾跟我说起，他的父亲正在为他寻找妻子，她得是一个好母亲，能照顾牲口，料理家务。结婚以后，她肯定会请求他再娶几个妻子来为她分担这些工作。根据他的解释，如果妻子不这么做，就会打破家庭与部落之间的平衡。我理解这名导游所讲述的道理，他想要维护传统，这一传统也对他十分有利，但我很想跟他以后的新娘以及这个部落里的妻子们聊一聊，或许她们并不满足于这一命运，如果被禁止接受教育的她们有了学习的机会，她们会谋求一种截然不同的生活。

在2015年，据估计，全世界三分之二的文盲都是女性；大部分失学儿童都是女孩。从事同样的工作时，女性的工资比男性更低；教师、保姆等一般由女性担任的职务待遇菲薄，而家务活更是无人看重，徒劳无酬。如今，很少有男性能靠自己一个人的工资来养活一家人，女性也要出门工作，这样一来情况就更糟糕，因为当她们筋疲力尽地回家后，还要照顾孩子，准备饭菜，打理家务。我们需要改变传统和法律。

我们生活在一个失衡的世界。有一些地方，女性至少在理论上享有自决权，在另一些地方，她们依附于男性，屈服于他们的命令、欲望和意愿。在某些地方，她们要在某个男性近亲的陪伴下才能出门，她们没有话语权，无力决定自己或是孩子的命运，她们无法接受教育或是正规治疗，也没有收入；她们不能以任何方式参与公共生活，甚至无法决定结婚的时间和对象。

在2019年中旬，我在报纸上读到一条让人振奋的消息，沙特阿拉伯的女性——她们所享有的权利还不如一个十岁的男孩——终于可以开车，并且被允许在没有家族男性陪伴的情况下独自出门了。之所以能被允许，是因为曾经有许多不甘忍受压迫的女性偷偷逃离该国，在国外寻求庇护。可在女性驾车和旅行合法化后，很多男人由于不满该转变而将怒气撒到家中女人的头上。这可已经是二十一世纪了！

我说我在五岁的时候就已经是女性主义者（对此我深感自豪），并不是因为我一直记得，而是我母亲后来告诉我的。小时候的我只是体会到了一种情绪，而不会理性地分析。潘琦塔一直为我这么个古怪的女儿担惊受怕。小时候的我生活在外祖父家，家里的男人有钱，有车，有想去哪就去哪的自由，一切都由他们决定，哪怕是晚上吃什么这等最为琐碎的小事也不例外。可我的母亲什么都没有，她只能仰仗父亲和兄长的鼻息而活，而且顾及声誉，就连自由也少有。我从这些事里能有多少体会？足够让我痛苦了。

从小到大，对他人的依附都让我感到恐惧，所以中学一毕业，我就准备工作养活自己，并尽可能地养活母亲。我的外祖父常说，谁付钱谁说了算。这句话是我早期女性主义思想的一大公理。

我以女儿的名义
成立了一个基金会

考虑到上文所述种种，在此我想简短地提一提我的基金会。在1994年，我的回忆录《宝拉》出版。读者回应热烈，每天我都能收到十几封用各种语言写成的信件，寄信人都是因为我女儿的故事而受到触动的读者。对于我的丧女之痛，他们感同身受，因为大家都遭遇过类似的痛苦。信件在抽屉里堆成了一座小山；两年后几位欧洲的编辑挑选出其中一些文笔优美的，将其出版。

《宝拉》这部作品带来的收益应该属于我的女儿，而不是我，我将这笔钱存在了一个单独的账户里，思考着如果宝拉还在的话，会怎么用这笔钱。在印度那次难忘的旅行后，我下定决心，成立基金会，用这些钱来帮助困境中的妇女和女童，因为这也是宝拉在其短暂一生中所承担的使命。这个决定是正确的；我用作品的一大部分收益来维护这个基金会，通过它，我的女儿至今仍在为这个世界提供帮助。你们可以想象这对我有多么重大的意义。

在写作时，我不需要虚构一些坚定强大的女主人公，因为我身边就有很多这样的女性。有一些死里逃生，遭受过严重的创伤，失去了一切甚至是儿女，但依然走了出来。她们不仅幸存下来，还获得了成长，有些甚至成为团队领袖；她们以身体上的疤痕和精神上的创口为傲，因为这证明了她们的心理修复力。这些女人拒绝被当作受害者，她们有尊严和勇气，她们站了起来，继续向前，而且在生活中没有丧失爱、同情和快乐的能力。只要给予她们一点理解和支持，她们就能重拾力量，再度绽放。

有时我会感到沮丧。基金会的贡献就像是落在干旱沙漠中的一滴水。要做的事情如此之多，然而资源却又极其有限！这种质疑只会带来害处，因为它会引诱我们对他人的痛苦袖手旁观。每当此时，罗莉——她是我的媳妇，也是基金会的管理者——就会劝慰我，不能从世界角度来衡量我们努力的成效，而应该从具体的个例上来看。面对看起来无法解决的问题，我们不能耸耸肩膀若无其事，而是要采取行动。罗莉让我想到一些奋不顾身的勇士，他们在艰苦的环境中工作，目的只是为了帮助他人，减轻他人的痛苦。这些榜样能帮助我们驱散冷漠这个恶魔。

美墨边境的难民

　　我们基金会主要关注健康——也包括生育权、教育、经济独立以及如何保护女性免遭暴力和剥削等方面。从2016年开始，难民也成为我们的关注目标，尤其是在美墨边境处。为了逃离中美洲的暴力，成千上万的人赴美寻求庇护，引发了一场人道主义危机。其中最遭罪、冒着最大风险的就是女人和孩子。美国政府采取的限制性政策几乎剥夺了他们的庇护权。

　　反对移民入境的理由是他们会利用社会服务资源，抢走本国人的工作，改变文化。其实这些都只是"他们不是白人"的委婉表达而已，但事实证明，当移民得以融入周围环境后，他们所做的贡献远比他们获得的要多得多。

移民和难民有所不同。前者决定移居他国是为了改善生活环境。所以移民一般是健康的年轻人——老人不愿离开故土，他们会尽可能地去适应环境，他们期盼未来，希望在新环境扎根。而难民出逃则是为了逃离武装冲突、镇压迫害、犯罪活动和极端贫困，保住性命。他们是绝望的人群，被迫放弃了曾经熟悉的一切，在陌生的地方面对着敌意来寻求庇护。2018年的七千万名难民中，有一半是女人和孩子；这个数字还在不断增长。

难民沉湎于回忆和乡情之中，他们思念过去，梦想回归故土，但一个难民平均需要花上十六到二十五年的时间才能返回故国。还有很多再也无法回去，他们将永远成为他乡客。由于气候变化，将有更多的难民一批又一批地离开自己的国度，这个全球性的危机即将恶化，其处置之道并不在于修建高墙，而是解决导致人们背井离乡的根本问题。

你要明白，没有人会把孩子放进救生艇，
除非海水比陆地更安全。
没有人会在火车下、车厢底紧抓着灼热的车身，
没有人会在卡车车厢里度过日日夜夜，
以纸果腹，
除非走过的那许多路程都并非仅仅是一场旅途。
没有人想爬过围栏，没有人愿意被打，被怜悯。
没有人会选择难民营
被搜身，被打得伤痕累累
或是被关进监狱，
只因为监狱比一座燃烧着的城市更安全，
夜晚监狱中的看守
也比卡车里一张张酷似你父亲的面孔要好。

——《家》

瓦森·沙尔[1]

---

1 瓦森·沙尔（Warsan Shire，1988—　）：索马里裔诗人，出生于肯尼亚，后移居美国。其诗歌聚焦于移民、难民、女性等边缘化群体。本诗已成为难民群体上街游行的口号。

要在女性身上投资

想要在这个世界上产生积极的影响，最有效的方法之一就是在女性身上投资。在那些最贫困的地区，母亲们的收入都用作家庭开支，而男性在这方面的支出只占其收入的三分之一。简而言之，女性花钱购置食品、寻医问药、送孩子上学，男人则把钱花在自己身上，用来消遣娱乐或是添置某些让自己看起来更有面子的东西，比如手机或是一辆自行车。

我发现只要有一点帮助，就能完成许多事情。如果女性有决定权和自己的收入，她的家庭状况就会好转；如果一个个家庭兴旺起来，社会和国家将随即得到发展。代代相传的贫困就会被打破。只有在最落后的社会里，女性才只能依附于男人来生活。但这个显而易见的事实经常被政府和非营利性组织忽视。幸运的是，越来越多的女人有权参与政治决定，并拥有足够的经济资源来投入慈善事业，她们普遍将资源投入到了女性项目中。多亏了她们的努力，情况正在发生改变。

女性需要紧密团结

女性需要紧密团结。美国女性主义诗人艾德里安娜·里奇[1]曾说过："女性之间的情谊是最令人畏惧、最为可疑的，也是世界上最具变革性的力量。"这个有趣的观点可能解释了为什么当女人团结起来的时候，男人会感到不安。他们觉得我们在密谋策划着什么，这一猜测有时不无道理。

女性需要团结一致。自古以来，女人们就聚集在水井旁，厨房里，摇篮边，农田、工厂和家中。她们渴望分享自己的生活，倾听别人的故事。没有什么比女人之间的体己话更有意思的了。无

---

1 艾德里安娜·里奇（**Adrienne Rich, 1929—2012**）：当代美国著名诗人，被称为美国二十世纪后半期最有影响力的诗人之一。**1974** 年曾获美国国家图书奖。

须否认，就连闲言碎语也能给人带来乐趣。被排挤孤立就是我们的噩梦，因为当我们势单力薄的时候，我们是脆弱的，只有聚在一起，才能蓬勃绽放。可仍有上百万的女人被困在家中，她们没有自由，也没有钱，无法走出家门。

几年前，我跟罗莉一起去拜访了肯尼亚的一群女子。我们不太清楚她们的具体位置，罗莉比我有探险精神，她让我戴上帽子，随即我们就沿着丛林里一条蜿蜒曲折的小径出发了。没过多久，路没了，我们漫无目的地走了一阵，我感觉已经彻底迷失了方向，但罗莉的座右铭是条条大路通罗马。当我即将在那片茫茫林海中失声痛哭时，我们听到了人声。那是女人的歌声，就像海边的波浪声一般婉转起伏。歌声就像指南针，将我们引到了几比森。

我们来到树林里的一块空地，那里有两处简陋的住宅以及一个棚屋，在屋里可以烹饪、用餐、上课、缝纫并做手工。我们是去看望埃斯特·奥迪亚姆波的，这个女人在内罗毕工作多年，退休后决定回到维多利亚湖边的老家。回到故乡后，她发现那里的人们正在经受着一场真正的人间惨剧。男人居无定所，四处寻找工作，没有稳定的经济来源，卖淫嫖娼泛滥，艾滋病蔓延，父母这中间一代被艾滋病毁了个干净，仅剩老人和孩子。许多男女都被该病夺去了生命。

埃斯特刚到时，那里的人们对于这种疾病及其传染方式的了解非常有限，以为这是由某种魔力造成的，也不知道该如何进行治疗。她决定挑战迷信，传播知识，并提供力所能及的帮助，尤其是对女性。她把自己的身家都投入到了这项事业中。

我跟罗莉到那儿后，看到孩子们在嬉戏，一些用粉笔在小黑板上完成学校作业，还有一些用树枝在地上写数字和字母；此外还有成群结队的女人，有的做饭，有的洗刷，还有些在做手工艺品，完成的作品可以拿到市场上卖钱，所获得的收入将用来维持这个小团体的运作。

我们用英语做了自我介绍，埃斯特·奥迪亚姆波进行翻译。在得知我们是来自远方的外乡人后，女人们纷纷走来，给我们端来一种味道苦涩的红茶，然后围成一圈坐在我们的身边，向我们讲述她们的生活，内容主要是关于她们的工作，她们所失去的，还有她们的痛苦和爱情。

她们中有寡妇，被抛弃的妻子，怀孕的少女，以及抚养着无父无母的孙儿或是曾孙的老人。我们还看到一个年迈的老人，她不知自己年岁几何，却还在给一个几个月的婴儿喂奶。看到我们惊异的表情，埃斯特解释说有的老人会因为需要喂养孙儿而分泌乳汁。"这位女士应该年满八十了。"她说道。或许她有所夸张……这段奇闻逸事我讲给很多人听过，可没人相信。我在危地马拉的阿蒂特兰湖边的一个小村庄里也见过类似的情况。

几比森的女人们都有一段悲惨往事，因为艾滋病，有些人几乎失去了所有的亲人，但她们并未悲悲戚戚。在这个小群体里，任何事情都值得为之欢笑打趣，她们互相开玩笑，我和罗莉则是所有人调侃的对象。埃斯特·奥迪亚姆波用一句话进行了总结："当女人们在一起时，总是快乐的。"在日暮时分，她们唱着歌送我们离开。她们总是在歌唱。我跟罗莉的这段冒险发生在好些年前，可能几比森的这个小团体已经不存在了，但这次经历是令人难忘的。

不难想象，还有一些跟几比森的女人们类似的群体，不管她们是什么种族，有什么信仰，年龄几何，都能围坐成一圈，分享自己的故事、斗争和希望，她们一起流泪，一同欢笑，一道干活。这样的群体能创造出多大的力量！无数个这样的群体联系在一起，就能消灭父权制。这是一件好事。女性的能量就是一种潜力巨大的天然可再生能源，得要给它一次机会。

女性应当有流产与避孕的权利

在六十年代，避孕药和其他避孕手段开始进入大众生活，女性解放发展起来。女性终于可以不用担心怀孕，尽情地享受性生活。你们可以想象智利国内有多少来自教会和大男子主义者的抗议！那时我就猜想父权制将不可避免地迎来它的终结，但目前这一目标仍然遥不可及。我们完成了许多，但还有更多的事情在等待我们去实现。虽说我们已经获得了许多权利，可任何借口都能将这些权利摧毁，如战争、原教旨主义、独裁统治、经济危机或是随便一场天灾人祸。在二十一世纪的今天，美国依然在讨论女性是否有权流产，甚至是否有权避孕。当然，男性结扎和使用避孕套的权利总是无人问津的。

我的基金会通过资助诊所和一些项目来帮助女性避孕甚至是流产。关于流产，我有深刻的感触，因为我在十八岁的时候帮助过一个十五岁怀孕的中学女孩。我不能透露她的真名，就叫她塞丽娜吧。她不敢告诉自己的父母，便来向我求助；这是一桩非常严重的事情，她在绝望之中甚至想到过自杀。以前智利的法律严禁流产，但很多人偷偷实施（如今依然如此）。无论过去还是现在，手术条件都非常简陋。

我已不记得那时我是怎样打听到谁能够解决塞丽娜的问题。我们倒了两趟公交，来到一个贫瘠的街区，足足花了半个小时才找到纸上记录的那个地址。最后，我们找到一条街，街上十几栋房屋都是一样的砖房，阳台上都晾晒着衣服，门口垃圾桶里的垃圾满溢出来。我们要找的地方就在其中一栋房屋的三楼。

　　一个面容憔悴的女人在等着我们，我先前给她打过电话，告知她我的姓名。她接待了我们。屋里有两个孩子正在客厅玩耍，她嚷嚷着让他们到自己的房间里去。显然，这两个孩子已经对这套流程非常熟悉了，他们乖乖地进了屋。在厨房一角，一台收音机以巨大的音量播报着新闻和商业广告。

　　女人询问塞丽娜最后一次月事时间，她算了算，然后流露出满意的神色。她告诉我们手术很快，也很安全，只要比商定的价格再多出一点，就可以打麻醉。屋里只有一张桌子，看起来像是餐桌，她将一张油布桌布和一个枕头放在上面，然后让塞丽娜脱掉内裤，躺在桌上。稍做检查后，她把针头扎进塞丽娜的胳膊静脉。"我以前是护士，我有经验。"她解释道。随后她告诉我，我的任务是一点一点地给塞丽娜注射麻醉药，剂量能够让她镇定下来就够了。"你要小心,别注射太多了。"她提醒我。

短短几秒钟,塞丽娜就陷入半昏迷的状态,十五分钟不到,桌脚边的桶里就多了好些浸满鲜血的毛巾。我简直无法想象如果不麻醉,这场手术将如何实施,但大多数情况下,这种手术都是不打麻药的。我手抖得厉害,现在想来,简直不知道那时我是如何操控注射器的。手术结束后,我在洗手间吐了。

几分钟后,塞丽娜醒了过来,女人完全不给她恢复和适应的时间,匆匆塞给她几片用纸包着的药片,便将我们送走。"这是抗生素,每十二个小时吃一片,连吃三天。如果你发烧,或是大出血,就得去医院了;但应该不会的,我的手艺不错。"她说。她还提醒我们,要是将她的姓名或是地址透露给外人,我们将承担严重的后果。

女性应当有权选择是否生育

我一直未曾忘记这段六十年前的经历。我在好几本书里都写过此事，就连在噩梦里也不断重温这段记忆。为了塞丽娜，也为了几百万名曾经有过类似经历的女性，我坚定地捍卫女性的生育权。很多研究已经证实，如果流产是合法的，能够在正规的医疗条件下实施，就不会给人留下深刻创伤。如果一个女人没有生育权，只能在怀上自己不想要的孩子后被迫终止它的生命，她所承受的创伤更大。

我尊重出于宗教或其他方面的理由反对流产的那些人士，但不能将这一观点强加于他人。这是一种选择，如果有人需要，她就应当有权做出该选择。

避孕药应该是免费的，而且应该提供给所有来了月事的年轻姑娘。如果能做到这点，就不会有那么多的意外怀孕。但在现实生活中，避孕药不便宜，经常需要医生处方才能买到，且不包含在医保范围内，服用避孕药还可能带来糟糕的副作用。此外，这类药物也不是百分之百有效。

避孕对女性来说非常重要——很多男人拒绝使用避孕套，射精时也不会考虑后果——如果她们"一不小心"怀了孕，错就在她们。我们有个说法叫"任凭受孕"，意思就是听之任之并必须承担后果。反对流产的人不在男人身上找责任，可如果没有他们的参与，女人不可能怀孕。反流产者也不会考虑为什么一个女人会选择终止妊娠，她们这么做是出于哪些现实或者心理方面的原因，一个孩子对于一个女人眼下的生活来说意味着什么。

我很幸运，没有类似塞丽娜的经历。我先后用药物和节育环避孕，只生了两个孩子。但在三十八岁那年，我再也忍受不了这些传统的节育方法，决定结扎。这个决定在当时看来是必须的，可事后我低迷了好一阵，一方面因为术后感染严重，另一个原因则是我感觉自己被阉割了。为什么我要遭这个罪呢？为什么结扎的不是我丈夫呢？要知道，男性结扎比女性要简单得多。原因在于当时我的女性主义信念还没坚定到足以让我向他提出这个要求。

我的两个孙女决定不生孩子，因为生养孩子很辛苦，而且世界人口早已饱和。她们的决定让我有些难过，她们将无法拥有在我看来非常奇妙的一系列经历，不过同时我也庆幸现在的年轻姑娘能够有这一选择。我有些担心我们一家将就此灭绝，除非我唯一的孙子能够鼓起劲来，找到一个他喜欢的伴侣。

流产需要被去罪化

多个世纪以来，女人凭借对于月经周期、草药和一些传统方法的了解来避孕。但这些方面的知识被连根拔除。女性价值被贬低的后果就是男性篡夺了对女性身体的控制权。

谁来决定女性是否受孕、她想要或是能够生几个孩子？掌控政策、宗教和法律的男性，他们根本就无法切身体会怀孕、生产和喂养孩子的感受。如果法律、宗教和传统习俗无法要求父亲跟母亲在怀孕这件事上承担同样的责任，男性就不应该就此事发表意见，因为这件事与他们完全无关。这是每个女人的个人选择。决定是否怀孕是一项基本的人权。

在纳粹德国时期，流产者会被关进监狱，女人必须要怀孕生子，堕胎手术的实施者将被判处死刑。要为德意志帝国繁衍后代。生下八个孩子的女人将被授予金牌。在很多拉美国家都严格禁止流产，如果一个女人自然流产，可能会被指控蓄意堕胎，然后坐牢几年。2013年，在智利的博兰，一个十一岁的女孩被继父强暴后怀孕，虽说当时的各种民间组织对政府施加压力，国际社会也一片哗然，可最终那个姑娘也没被允许堕胎。

流产需要被非罪化，也就是说，不再惩罚堕胎。这并不意味着将其合法化，因为法律是由父权制制定的，一旦被合法化，权力就落到了法官、警察、政客和其他男性机构的手中。我还想补充一句，出于同样的原因，性工作者也不希望卖淫被合法化，而只是去罪化。

讲到这里，我想介绍一桩奇闻，美国一个名叫斯蒂夫·金的国会议员提议，即便是强奸和乱伦导致的怀孕，也不能堕胎，因为"如果我们回顾所有的家谱，把所有由于强奸或是乱伦而出生的人都挑出来，那会怎么样？如果这么做，世界上还会有人类生存吗？考虑到各国的战争、强暴和掠夺等事件，我也不能确认自己不是那些行为的产物。"简而言之，他认为强奸和乱伦是自然且正常的事。有八十四个共和党的国会议员签字支持该提案。

　　另外一个名叫陶德·艾金的国会议员曾宣称，强暴很少会导致受孕，因为女性身体有办法排斥受孕。在他看来，子宫能神奇地分辨出"合法强奸"（竟然有这种说法？）和其他性关系的区别。这个天才是科学空间与技术委员会的成员。

　　根据已知数据，在美国，每年有三万两千人因强奸而受孕。

当她们遭受家庭暴力

女性希望能够决定自己的生活和身体，但当她们遭受家庭暴力，命运掌控在施暴者手中时，这一点就不可能实现。多年前，在六十年代末到七十年代初期间，我在智利当过记者，曾经多次对贫困家庭进行采访。他们住在纸板和木板糊成的屋子里，男人没有工作，终日酗酒，女人带着几个孩子，忍受着穷困、凌辱和剥削等种种苦难。在这样的家庭里，常见的一幕就是男人在酒醉或是受挫后回家，狠狠地揍妻子或孩子一顿。警察并不干涉，一方面出于冷漠，要知道他们自己也经常在家动用暴力，另一方面则是因为他们需要所谓的搜查令才能闯进他人住宅。面对这一现实，女性居民达成一致，若是听到女人或是孩子的喊叫声，她们就会拿起锅和铲子，冲进去给施暴者一个教训。这一方法非常有效，实施顺利。

我得羞愧地承认，无论在那时还是现在，智利都是全世界家暴率最高的国家之一，不过也可能是因为智利女性敢于报案，数据才得以被统计。家暴发生在社会各个阶层，但上流社会的情况往往被隐瞒。有时不存在身体上的虐待，可是精神上的折磨和情感上的暴力也一样会造成伤害。

《你路上的强奸犯》
（LASTESIS[1]）

不管长相如何，年龄多大，每三个女人中就有一个遭受过猥亵或性骚扰。2019年，四位智利女性创作了一首歌，这首歌席卷全球，成为一首女性主义的赞歌。它被翻译成了若干种语言，成千上万的女性蒙住眼睛，在街道上和广场上齐唱。以手段激进而著称的智利国民警卫队将LASTESIS告上法庭，控告该团体"威胁国家机构，危害政府，煽动仇恨与暴力"。该举动引发了国际上对几位歌曲作者的声援。

这首歌用短短几行文字总结了所有女性的经历和恐惧：

1　**LASTESIS**：智利瓦尔帕莱索的女性主义艺术团体。

父权制是法官，
出生就是我们的罪过，
我们所受的惩罚
是你看不见的暴力。
我们被杀害。
凶手逍遥法外。
我们消失。
我们被强暴。
可错不在我，
也不在于我身在何处
或穿什么衣服。
而是因为你就是那个强奸犯。

针对女性的暴力
已存在上千年

　　针对女性的暴力已经存在了上千年，因此我们习惯性地避免进入一些危险的场景。这对我们产生了很大的限制。大部分男人想都不想就能做的事，比如夜里走在街头，走进酒吧，或是在公路上搭便车等，都会引起我们的警觉。值得冒这个险吗？

　　家庭暴力在智利如此普遍，以至于我们的第一位女总统米歇尔·巴切莱特当政期间（2006—2010，2014—2018），决定将抗击家庭暴力作为政府工作的重中之重。为了实现该目的，政府组织进行教育和培训，提供讯息和庇护所，并通过了一系列保护法。在她的努力下，大家能够方便地获取到免费的避孕产品。但她没能让国会通过堕胎的免罪化。

这位女英雄的经历就像小说里的情节。她从前学医，正如她在某次采访中所说，这是一种非常具体的助人方法，她的专业是儿科。在1973年军事政变刚开始时，她的父亲阿尔韦托·巴切莱特将军因为拒绝参与政变反对民主政府而被同僚逮捕，在1974年3月受刑时心脏骤停去世。

米歇尔和她的母亲被政治警察逮捕，在臭名昭著的格里马尔迪庄园里饱受折磨，如今这个地方已经成为展示当年暴行的博物馆。她后来获救，流亡至澳大利亚，再从那里前往东德。几年后，她回到了智利，完成了医学学业。她从事过各种工作，直到1990年智利恢复民主，她才开始从政。

米歇尔担任卫生部长期间，授权允许年满十四岁的女孩和妇女购买"事后避孕药"，以免女性在性行为后怀孕。在智利，天主教会和右派政党根基深厚，严禁堕胎，因此这条政策引发了强烈反对，但也为这位部长赢得了尊重和民众的支持。

2017年，智利国会通过了三种情况下的堕胎：母亲生命有风险，胚胎有先天缺陷以及强奸受孕。堕胎需要在怀孕前十二周实施，如果受孕者年龄为十四岁及以下，则得在怀孕前四周实施。可是哪怕符合这三种情况，堕胎也受到种种限制，法律就像是一个笑话，其作用仅仅是安抚大多数女性。这一事件引发了大规模的游行示威，很多女性参与者袒胸露乳，以此强调她们才是自己身体的主人。

2002年，米歇尔被任命为国防部长，她是拉丁美洲第一个，也是全世界为数不多的担任该职位的女性。她承担了一个艰巨的任务，对军方和独裁政权的受害者进行调解，并让军队做出承诺，永远不会再反叛民主政府。

我很难想象这个女人是如何克服了过去的创

伤，与一个不仅在国内进行了十七年恐怖独裁统治，还杀害了她的父亲，并对她以及她母亲进行折磨，害得她流亡海外的组织进行沟通。一个曾经对她施刑的军人跟她住在一栋楼里，他们常在电梯里相遇。当有人问起米歇尔·巴切莱特国家是否有必要和解时，她说这是个人的决定；任何人都不能够命令曾经遭受迫害的人做出谅解。这个国家需要背负着历史的重负，继续前进。

我将再次走上街头
走上圣地亚哥曾经鲜血淋漓的街头，
在一个美丽而自由的广场
我将驻足为逝去者哭泣。

——《我将再次走上街头》

巴布罗·米拉内斯[1]

1　巴布罗·米拉内斯（Pablo Milanés，1943—2022）：古巴创作型男歌手。

浪漫爱这一集体幻觉已经变成了一种消费产品

　　要是巴格达的哈里发得知我们女人最渴望的是爱情，可能很是高兴。我们的大脑里有一种怪异的东西，就像是一类肿瘤，驱使我们追逐爱情。没有爱情，我们就无法生存。为了爱情，我们能够忍受自己的孩子和男人。我们忘我牺牲，任凭使唤。你们是否注意到，个人主义和利己主义这两种品质在男人身上被当作优点，而在女人身上则是缺点？我们倾向于将自己排在孩子、伴侣、父母以及几乎所有人的后面。我们屈服于爱，为爱牺牲，这在我们看来是了不起的高贵之举。为爱而遭的罪越多，我们就越伟大，电视剧里就是这么演的。文化将爱渲染得很高尚，我们在脑子里那个类似肿瘤的东西的驱使下，心甘情愿地跳进了这个美丽的陷阱。我也不例外，我的肿瘤是最糟糕的那种。

我不谈母爱，因为这是个不可触碰的话题，但凡我大胆开一个相关的玩笑，都要付出高昂代价。有一次我跟我的儿子尼古拉斯说，与其生孩子，不如养一条狗，为此他一直都没有原谅我。他二十二岁结婚，五年里生了三个孩子。他有强烈的母性。我的孙子们都很可爱，但我也很喜欢狗。

我不敢批评母亲们执着的爱，因为这是下至蝙蝠上至专家学者等各种生物得以存活至今的唯一理由。对自然、上帝、女神或是其他类似概念的爱也不是我的讨论对象，因为本书并不是高端的论著，只是非正式的闲聊。

我们要谈的是浪漫爱，这一集体幻觉已经变

成了一种消费产品。浪漫产业已然跟毒品一样令人上瘾。我猜每个女人对于浪漫都有不同的幻想，不是人人都像我一般执着于某个男演员，说不定有人像童话里的公主一样爱上青蛙。对于我而言，外貌并不重要，只要他身上有好闻的味道，牙齿健康，不抽烟就行。但我也有一些现实生活中很难被满足的要求：温柔，有幽默感，心地善良，能够忍受我的好耐心，以及一些此刻我没想起来的品质。幸运的是，我目前的爱人恰好符合。

我与罗杰

我跟你们保证过会写到罗杰，现在是时候聊聊他了。

我严厉的外祖父就是一所学校，给我留下了许多难以忘记的教诲，这些教诲对我来说非常有用，塑造了我的性格，并在逆境时刻助我坚持前行，不过在情感关系上，它们起了负面的作用，让我无法投入；我能自给自足，并且捍卫自己的独立，付出对我来说并不难，可接受却并非易事。若是我不能给予回报，我就不接受别人的帮助。我讨厌收礼物，也不允许别人为我庆祝生日。对我来说，最大的挑战之一就是承认自己的脆弱，但如今这件事对我来说已经不那么难了，这都多亏了我的新爱人，我衷心希望他也是我最后一位爱人。

2016年5月，一位名为罗杰的丧偶律师开车从曼哈顿前往波士顿的时候，在车上的广播里听到了我的声音。他读过我的两本书，我当时在广播节目里说到的某件事可能引起了他的注意，于是他给我发了封邮件。我回复了他，在接下来的五个月里，他每天早晚都给我写邮件。我一般只回复读者的第一封讯息，毕竟我不可能跟几百个给我写信的读者都保持规律的邮件往来，但纽约那个鳏夫的坚持给我留下了深刻印象，我们一直保持着联系。

我当时的助理是钱德拉，她痴迷于侦探剧集，有着跟猎犬一般灵敏的嗅觉，她说得尽可能详细地调查这个神秘的鳏夫，他很有可能是个精神病患者，谁知道呢。一旦有人想要打探我们的私生活，你简直无法想象能发掘出多少消息。钱德拉给了我一份详细的报告，从他的车牌号到他五个孙子的名字等信息都包含在内。他的妻子几年前去世了，他一个人生活，他家位于斯卡斯代尔，他每天搭乘地铁到曼哈顿，他的办公室在派克大街等。"看起来挺正常，但不可掉以轻心，说不定这又是个类似布伦达的建筑师那样的人。"钱德拉提醒我。

十月份的时候，我去纽约参加一个讲座，我跟罗杰终于相识了。我发现他跟电子邮件中的自我介绍以及钱德拉所调查到的非常一致：是一个单纯的家伙。他给我的印象不错，我四十五岁时跟威利一见钟情，但我与罗杰并非如此。这印证了我之前所说的一点：荷尔蒙是关键。他邀请我共进晚餐，半小时后，我就出其不意地问他真正意图是什么，因为以我的年纪，已经没有时间来浪费了。他被嘴里的意大利饺子给呛住了，如果他以同样的方式来对我进行突袭的话，我可能会仓皇逃跑，但他没这么做。

共处三天后，我不得不返回加州。这三天的时间让罗杰下定了决心，既然遇到了我，就不要错过。在送我去机场的路上，他向我求婚。作为一个体面的成熟女士，我答道："结婚不可能，但如果你愿意经常来加州的话，我们可以做情人，你意下如何？"可怜的男人……他还能怎样回复我？当然只能答应。

我们这样过了几个月，直到无法再承受每次会面所需的六小时的飞行旅程。于是罗杰把他那装满了家具、物件和回忆的房子给出售了，将里面的东西都送了人，带着两辆自行车和几件衣服搬来了加州。他的那几件衣服都过时了，我很快给他买了几身新的。"我已经一无所有。如果我们之间没有结果，我就只能露宿桥下了。"他发愁道。

情人只能陪你一阵子，
但丈夫是你永远的俘虏

我们进行了一年零七个月的尝试，在此期间，我们跟我的两条狗一起住在我那套玩偶屋般的房子里。我们双方都做出了让步，我容忍他把东西摆放得乱糟糟的，他则忍受我的颐指气使、过于守时和对写作的执着。我一开始写作，便心无旁骛，没有太多时间去顾及其他的事情。我们学着像和睦共处的夫妻那样默契地跳舞，在舞池中不踩到对方的脚。在这一年多的时间过去后，我们确定能够忍受彼此，于是就结了婚，因为他是个传统的人，未婚同居这罪过一直让他忧心忡忡。

我们举行了一场家庭婚礼，参加的只有我们

的孩子和孙子。所有人都为我们的结合而感到高兴，这意味着他们暂时不需要再照顾我们了，我们可以彼此扶持。

我的母亲应该也很开心。在她去世的几天前，她还让我跟罗杰结婚，用她的话说，不要落得个孤独终老的结果。我告诉她，我觉得自己不老，也不孤独。"有这么个完美情人一直在加州等着我，干吗还要一个不完美的丈夫呢?"我理论道。她告诉我:"情人只能陪你一阵子，但丈夫是你永远的俘虏。"

对生活说是

我得有些羞愧地承认，有很多事，我以前能够自己轻松完成，但现在我都依赖于我的爱人，比如给汽车加油、换灯泡等。罗杰出生在布朗克斯，是波兰人的后裔，他有农夫般有力的手和宽厚的性格；他帮我打理这个世界上的麻烦事，不会让我感觉自己像个白痴。我很庆幸自己听取了母亲的建议，跟他结了婚。他是个很棒的俘虏，希望他能一直如此。

我的儿子问罗杰，认识我的时候有什么感觉，他脸红了："我那时觉得自己就像个小伙子。如今每天早上醒来，我都像要去看马戏的孩子般兴奋。"一切都是相对的。对于我来说，这是我人生中最平静的一段时光，没有跌宕起伏的刺激。但罗杰认为跟我在一起的每一天都很激动，任何时候都不会无聊。

或许他需要一点厌烦的情绪。

我在认识罗杰的时候有什么感觉？我觉得好奇，同时胃里似乎有什么东西在扑棱，这种感觉曾经让我头脑发昏，但现在却提醒我小心行事，不过我没有理会。我的行动宗旨就是对生活说是，船到桥头自然直。

总而言之，既然我能找到男友，那么任何一个想要寻找伴侣的老太太都是有希望成功的。

在活了一个世纪后
重返十七岁
就像破解密码
无法胜券在握，
突然再度拥有
转瞬即逝的青春，
又一次感到莫测
就像面对上帝的孩子，
这就是我的感受
在这个成熟的瞬间。

——《重返十七岁》

维奥莱塔·帕拉[1]

1　维奥莱塔·帕拉（Violeta Parra，1917—1967）：智利民间艺术家、歌手、诗人，是首位在卢浮宫开个展的拉丁美洲女性艺术家。

年轻人常问，以我这个岁数
该怎么恋爱

　　年轻人常问，以我这个岁数该怎么恋爱。好像我还能流畅地讲话就让他们震惊不已，更别提恋爱了。事实上，就像维奥莱塔·帕拉所说的一样，这跟十七岁的恋爱没什么两样，但更为急迫一些。罗杰和我所剩的时日已经不多。时光踮着脚悄然溜走，嘲笑着我们，然后猛地在镜子里吓我们一跳，从背后给我们一击。每分钟都很宝贵，我们不能将时间浪费在误会、焦急、吃醋、琐事以及种种于我们的关系无益的蠢事上。事实上，这点适用于任何年龄阶段，因为我们的时光是有限的。要是我从前就能够明白，便不会离婚两次了。

父权制并非一直存在，
而是文化强加给我们的产物

丽贝卡·索尔尼特[1]在《爱说教的男人》一书中说道："女性主义力图改变的是一种非常古老的、普遍的、深深植根于世界上诸多、也是绝大多数文化中的东西，它存在于无数的机构和地球上的多数家庭中，存在于我们的头脑里，家庭是它开始和结束的地方。仅仅四五十年来就发生了这么巨大的改变，这是令人惊叹的。如果这些变化并非永久的、决定性的、不可逆的，并不是失败的标志。"[2]

摧毁一个文明的基石是非常困难的，需要时

1　丽贝卡·索尔尼特（**Rebecca Solnit，1961—**　）：美国作家，著有《漫游癖：行走的历史》《荒野之梦》《爱说教的男人》等。
2　译文引自《爱说教的男人》，张晨晨译，人民文学出版社，2020年出版。

间，但我们正在慢慢地实现这个目标。创造一个新的秩序来取而代之是一项复杂又迷人的任务，无法在短期内完成。我们每前行两步后又倒退一步，磕磕绊绊，跌倒后又爬起，不时犯错，也为短暂的胜利而欢呼。我们有时低迷不振，有时高歌猛进，比如 Me Too 运动和世界上很多城市的大规模女性示威游行。如果我们对未来抱有同样的期望，并下定决心一起将其实现，便没有任何东西能够阻拦我们。

父权制并非一直以来都存在，也不是人类社会的固有模式，而是文化强加给我们的产物。人们发明文字后，我们开始记录自己在地球上的生活。最早的文字记录出现在美索不达米亚平原，距今有五千年左右，可这一时间跟智人生存的二十万年相比，根本不算什么。历史由男人写就，他们根据自己的需要来夸大或删去史实；女性这一半群体在人类正史中被刻意忽略。

在妇女解放运动之前，谁挑战过大男子主义的权威？种族主义、殖民主义、剥削、所有制、资源分配和父权制的其他种种表现形式都受到了质疑，但女性生存状况却无人问津。人们一度认为，性别划分从生物角度上来看是必须的，是神的旨意，权力自然而然地属于男性。但事实并非一直如此，在男性统治之前也曾有过其他的组织形式。让我们试着回忆或是想象这些形式。

女性将改变权力的本质

可能我在有生之年，能看到一些深刻的变化，因为年轻人跟我们一样迫切，他们是我们的同盟。他们动作迅速。他们已经受够了目前的经济模式、对大自然系统性的摧毁、腐败的政府，以及将我们分化并制造暴力的各种歧视和不公。他们即将继承并治理的这个世界简直是一场灾难。许多社会活动家、艺术家、科学家、环保主义者都共享一个美好的愿景，那就是让世界变得更好；持同样观点的还有一些灵修团体，他们不从属于任何宗教，因为几乎所有的宗教都遵循违背时代潮流的大男子主义机制。朋友们，还有很多工作等待着我们去完成。得要好好清理我们的家园。

我们首先要做的就是终结父权制。这一文明有上千年的历史，它颂扬男性的价值观（和缺点），将女性置于从属地位。我们要质疑一切，从宗教法律到科学习俗。我们要大发雷霆，用怒火将支撑这一文明的基石粉碎。温顺被宣扬成女性美德，可它是我们最大的敌人，温顺从来都没有什么作用，只是方便男性行事的借口。

打从我们还在摇篮里起，便被教导要尊重、服从和畏惧，可这番教导对我们有弊无利，让我们无法认清自己的力量。女性的力量是如此强大，以至于父权制的首要目标就是用各种手段来将其摧毁，为了达成目标，他们甚至不惜使用最糟糕的暴力手段。他们取得了非常理想的效果，因为经常有女性站起来坚定地捍卫父权制。

莫娜·埃尔塔哈维是一名激进分子，她在

每场发言的开头都要申明自己的原则："去他的父权制！"她说我们应该挑战、违背且打破规则。没有其他办法。有太多的原因让我们不再畏惧对抗，比如种种触目惊心的数据显示，很多女性被贩卖、殴打、强暴、折磨以及谋杀，可犯罪者却逍遥法外，更别提还有其他一些不会致死、却同样能让我们惊惧无言的手段了。挑战、违背且打破规则的责任应该落在年轻女孩的身上，她们尚且无须承担为人母的责任，此外，已经过了生育阶段的老年女性也同样应该勇敢面对。

是时候让女性站出来，跟男性一同参与管理这个可悲的世界了。掌握权力的女人经常表现得跟男人一样强硬，因为只有这样，她们才能与他人竞争且下达命令，可当领导阶层里掌握实权的女性足够多时，我们就能够让天平倒向更为公平和公正的文明那头。

早在四十多年前，纽约市众议员、著名的社会活动家贝拉·艾布扎格就用一句话进行了总结："在二十一世纪，权力将无法改变女性的本质，相反，女性将改变权力的本质。"

女性主义是什么

　　我女儿宝拉二十岁左右的时候，曾经建议我不要过多地讨论女性主义，因为这个概念已经过时了，一点儿也不性感。当时是八十年代，妇女解放运动取得了巨大成功，然而也有不少抨击该运动的声音。我们进行了一番激烈的争论，我试图向她解释女性主义是什么——就像任何革命一样，女性主义是一个有机的现象，会不断发生变化，被重新审视。

　　宝拉这代年轻人得天独厚，坐享她们母亲和祖母的奋斗成果，以为一切都是现成的。我告诉她，大部分女性仍然无法享受这些成果，只能默默认命。她们就像我母亲那样，认为世界本就如此，无法改变。"我不管你出于什么理由不喜欢女性主义这个词，你要是不能接受这个词，就找另外一个词来替换它；叫什么不重要，重要的是为了你自己以及世界上的其他姐妹而做出行动，她们需要你的努力。"我对宝拉说。她没回答我，只是盯着天花板，长叹了一口气。

男性善于将女性主义者描绘成歇斯底里、毛发旺盛的女巫；因此，像宝拉一样处于生育年龄的女孩对其望而生畏是正常的，毕竟它可能会把追求者给吓跑。我需要说明，我女儿大学毕业后，刚入职场便满怀热情地接受了我从小给她灌输的这些观念。她有个男朋友，来自西西里，是个很讨人喜欢的年轻人，他期待我女儿学习做意面，然后跟他结婚并生六个孩子。宝拉去学心理学，他也非常认可，因为在以后教育孩子的时候可能用得上。但当她决定从事性学研究时，他提出了分手，因为他无法忍受女友去测量其他男人的性器官。我不怪他，可怜的年轻人。

　　我女儿已经去世多年，可至今每天睡前和起床后，我依然思念她。我多么想念她！要是她知道现在涌现出新一代年轻的女性主义者，他们敢于挑战，性情幽默，极富创造力，一定非常高兴。

我的晚年是一份珍贵的礼物

对我来说，眼下是一个非常幸福的时期。这种幸福不像喜悦时所感受到的满怀欢畅，热闹非凡；这种幸福悄无声息，宁静柔和，是发自内心的舒服自在，其表现就是珍爱自己。我是自由的。我不必向任何人证明什么，也无须照料子孙，他们都已经是能够自给自足的成年人了。要是我的外祖父还在，可能会说我已经完成，甚至是超额完成了预期的目标。

有些人计划好了未来，甚至打算成就一番事业，但正如我在上文中所说的，我并非如此。从幼年开始，我唯一的计划就是要养活自己，我成功地做到了这一点，但其他的路我都是摸索着走过来的。约翰·列侬曾说过："生活就是当你忙于制订其他计划时所发生的事情。"也就是说，在人生这条路上，没有地图，也无法回头。我无法决定那些改变了我命运和个性的重大事件，如我父亲的失踪，智利的军事政变，我在海外的流亡，我女儿的去世，《幽灵之家》的成功，我的三个继子染上毒瘾，以及我的两次离婚。或许离婚是我能够控制的事情，但婚姻的成功取决于夫妻双方。

我的晚年是一份珍贵的礼物。我的大脑依然灵活。我喜欢我的大脑。我感觉更为轻盈。我已经不再缺乏安全感，我摆脱了不理智的欲望，种种毫无益处的心理情结，还有其他不值得犯下的罪过。我慢慢地放手，慢慢地舍弃……我早就应该这么做了。

身边的人来来去去，就连最亲密的家人也各

奔东西。紧抓着某人或某物不放是毫无作用的，因为这个宇宙本就趋于离散、无序和混乱，而不是聚合。我选择了一种简单的生活，少一些物质的东西，多一点闲暇的时间，少一些担忧，多一点消遣，少一些社会活动，多一点真正的朋友，少一些喧嚣，多一点寂静。

我的作品取得了成功，因此我不像大多数老人一样，受到经济条件的限制。要是我的书不受欢迎，我是否能获得以上所说的一切呢？我不知道。我拥有足够的条件来过我想要的生活，所以我能享受自由。这是我的幸运。

每天早上醒来后，我都会问候宝拉、潘琦塔和其他周围的幽灵们，四周依然昏暗寂静，我把仍在梦境中徘徊的灵魂召回，并感谢自己所拥有的一切，特别是爱、健康和写作。我同样感谢自己拥有过并且将继续拥有的充实热烈的生活。我还没有准备好将火炬传给别人，但愿我永远都无须做好这份准备。我希望用自己的火炬点亮我们的女儿和孙女。就像我们替我们的母亲活下来一样，她们将替我们活下去，并继承我们没能完成的事业。

现在就是反省的时候，
我们想要怎样的世界？

写到这里，正值 2020 年 3 月，因为新冠疫情，我跟罗杰都赋闲家中。（或许我不该写这本书，而应该受加西亚·马尔克斯的启发，写一本《新冠时期的爱情》。）以我跟罗杰的岁数，要是染上了这个病毒，可就麻烦了。我们没什么好抱怨的，比起如今正在一线与疫情抗争的英雄儿女们，我们安全得多，比起大部分被困家中等待解封的人来说，我们的日子也惬意得多。想到有的老人独自居住，有人患病，有人无家可归，有人经济拮据、无依无靠，有人挤在人满为患、卫生状况欠佳的屋中或是难民营中，还有很多人感染新冠却无钱就医，我深感焦虑。

我和罗杰很幸运。我们有狗来陪伴我们消遣时光，不至于感到无聊。罗杰在餐桌上用电脑远程办公，我则在阁楼里安静写作，闲暇时光，我们一起读书或是看电影。我们还能出门，不过要与他人保持两米的距离，出门散步能让我们摒除杂念。眼下的生活就像是我们因为太忙而没能成行的蜜月。

我得坦白，虽说有疫情的种种限制，我们时不时还会邀请客人共进晚餐。罗杰视频邀请他远在华盛顿和波士顿的儿子和孙子一同晚餐；三个家庭都准备了同样的菜式，他们一起坐下用餐，喝着葡萄酒聊天。我的客人则是我生命中好心的幽灵们，以及一些文学作品中的人物。艾丽萨·索摩斯就曾经来看过我。她已经不再是那个淘金热时期在荒野地区坠入爱河的姑娘了，她成为一个强健且智慧的老人，她的脖子上挂着一个小袋子，里面装着她丈夫的一点骨灰。我们聊到了本书，我告诉她近一个半世纪以来，女性有了多大的进步。不知道她是否相信我的话。

我和罗杰过了两个礼拜这种奇怪的隐居生活，直到目前为止，还算顺利，但我担心如果这场危机持续的时间过长，我们将失去耐心，无法再保持亲密并且彼此容忍。被迫朝夕相处是件恼人的事。

如此大规模的全球性灾难是史无前例的。在任何极端情况下，人性中的善和恶都将绽放，从而出现英雄和恶棍。民族性格也得以显露。在意大利，人们在阳台上唱歌剧来给彼此鼓劲，可在有的地方，人们争相购买武器。我刚刚得知，在智利，巧克力、葡萄酒和避孕套的销量都有所增长。

我们怎么想得到，在如此短暂的时间里，世界就沦落到这样一副满目疮痍的样子？社交生活暂停，从足球赛到匿名戒酒会等种种聚集性活动都被禁止，中小学、大学、餐厅、咖啡馆、图书馆、商店等都被关闭。旅游就更不用提了。上百万的人失去了工作。人们惊慌失措地囤积食物和各种商品。首先被抢光的是厕纸，我不知道这究竟是为什么。有积蓄的人将钱从银行取出，塞在床垫底下。股市一蹶不振。不可持续的消费经济终于露出了它的真面目。街头空无一人，城市寂静无声，人们担惊受怕，很多人都开始质疑我们的文明。

然而并不仅仅有坏消息。污染减少了，威尼斯运河里的水变得清澈，鸟儿在纽约的摩天大楼之间鸣叫。家人、朋友、同事和邻居频繁联系，相互支持。犹豫不决的恋人下定决心一旦团聚便一起生活。我们突然意识到爱才是真正重要的东西。

悲观者认为这就像是一部反乌托邦的科幻作品，人们分化为一个个原始部落，终将互相吞噬，就如同科马克·麦卡锡[1]在小说《长路》中的可怕

1　科马克·麦卡锡（**Cormac McCarthy, 1933—2023**）：美国著名作家，著有《血色子午线》《边境三部曲》《老无所依》等作品。

描写。现实主义者觉得这一切会像历史上的其他灾难一般，终将过去，但要做好长期与其对抗的准备。乐观主义者则把疫情当作修正方向的必要契机，进行深刻变革的独一无二的机会。这一切源于一场卫生危机，但远远不止如此，它同样也是政府、领导、人际关系、地球上的价值观和生活方式的危机。我们不能再延续这种基于毫无节制的物质主义、贪婪和暴力的文明。

现在就是反省的时候。我们想要怎样的世界？在我看来，这个问题是我们这个时代最重要的问题，是所有清醒的男性和女性都应该提出来的问题，也是古老故事中巴格达的哈里发应该向盗贼询问的问题。

我们想要一个美丽的世界，这种美不仅仅是凭感官欣赏的美，还是开放的心胸和清醒的头脑能够感受到的美。我们想要一个纯粹的世界，在这个世界里，不存在任何形式的暴力。我们想要一种平衡的文明，这种文明是可持续的，且基于相互尊重以及对其他物种和对大自然的尊重。我们想要一种包容且平等的文明，在这种文明中，没有性别、人种、阶层、年龄或是任何其他歧视性的区分。我们想要一个可爱的世界，在这世界中，人们和平共处，有同理心，品行正直，待人真诚，心存怜悯。最重要的是，我们还想要一个快乐的世界。这是我们这群善良的女巫的期望。我们想要的不是虚空的幻想，而是具体的计划；我们大家联合起来，便能够将其实现。

　　当疫情过去，我们将走出家门，小心翼翼地开始一种新的正常生活；在那时，我们首先要做的就是在街头互相拥抱。我们多么需要与人接触！我们将庆祝每次相聚，并善待我们爱的每一个人。

致谢

感谢为我的基金会付出辛勤劳动的罗莉·巴拉和萨拉·希尔舍姆。

感谢我的经纪人路易斯·米盖尔·帕洛玛莱斯、马丽贝·卢克和乔安娜·卡斯蒂略，是他们想到了女性主义这一书写主题。

感谢普拉萨&哈内斯出版社和巴兰坦出版社的编辑努利亚·特伊、大卫·特亚斯和詹妮弗·赫尔实。

感谢我们基金会的导师卡维塔·兰达斯，她跟我分享了对于世界上女性地位的认识。

感谢劳拉·帕洛玛莱斯，是她让我了解年轻的女性主义者们。

感谢出版本书英文译本的劳伦·古施伯特。

感谢我日复一日通过基金会认识的女英雄们，她们向我讲述了她们的生活，给予了我创作本书的灵感。

感谢女性主义者们，她们在我年轻时塑造了我的性格，直至今日，依然在指引着我。

242